善書坊

弋舟 著

文静的先生

陕西师范大学出版总社 西安

图书代号　　WX24N0722

图书在版编目（CIP）数据

安静的先生 / 弋舟著. — 西安：陕西师范大学出版
总社有限公司，2024.6
ISBN 978-7-5695-4395-7

Ⅰ. ①安… Ⅱ. ①弋… Ⅲ. ①短篇小说－小说集－
中国－当代 Ⅳ. ①I247.7

中国国家版本馆CIP数据核字（2024）第094879号

安 静 的 先 生

ANJING DE XIANSHENG

弋 舟 著

出版统筹　　刘东风　郭永新
责任编辑　　张　佩
责任校对　　彭　燕
封面设计　　张潇伊
封面绘图　　王　犁
封面题字　　史星文
出版发行　　陕西师范大学出版总社
　　　　　　（西安市长安南路199号　邮编710062）
网　　址　　http://www.snupg.com
印　　刷　　中煤地西安地图制印有限公司
开　　本　　787 mm×1092 mm　1/32
印　　张　　7.625
插　　页　　4
字　　数　　150千
版　　次　　2024年6月第1版
印　　次　　2024年6月第1次印刷
书　　号　　ISBN 978-7-5695-4395-7
定　　价　　49.00元

读者购书、书店添货或发现印装质量问题，请与本公司营销部联系、调换。

电话：（029）85307864　85303629　传真：（029）85303879

向着伟大的胜利，前进！

目　录

桥

胜利在即，革命军摧枯拉朽般地一路凯歌。但是战局却发生了突变，看起来似乎已经是强弩之末的敌军得到了意外的增援，这支援军从背后向革命军的大本营逼近——而革命军在前方获得的优势是以背后的空虚防卫换取的。在一派恐慌当中，最高指挥者突然想起，在敌军意图突破的那个脆弱地带，刚刚有一支革命军奉命抵达了那里。

眼下，这支几乎不在作战序列里的部队，却成了这场战争胜败的决定因素。

一

团长的部队如期赶到了指定地点。

由于天气的原因，他们一度在路上耽搁了几天，但是经过短暂的休整，团长就命令部队全速进军了。"要不惜一切代价！"团长热情洋溢地号召自己的士兵，"按时到达指定位置，事关战事的大局，更是对我们尊严的检验！"团长显然有些亢奋。这不是他往日的风格，瓢泼的大雨和崎岖的山路出人意料地鼓舞了他。

战争爆发以来，作为一个并没有经过实战检验的军事长官，团长的战绩实在乏善可陈。经过一次小的战役后，他的这个团就几乎减员了一半。当自己的士兵像挨了镰刀的麦子一般齐刷刷地在眼前倒下时，瞠目结舌的团长渐渐滋生出一股深刻的厌恶情绪。

但细究起来，团长的厌恶并没有具体的对象。毕业于日本士官学校的他似乎厌恶的不是战争本身。譬如，当马克沁机枪在身边交织出壮观的火力时，他的厌恶情绪反而会得到一些排遣。这时候，团长会暂时摆脱掉厌恶，忧心忡忡地思考起马克沁机枪的主要性能。当他想到这种一分钟射出六百发子弹的武器第一次在罗得西亚被英军使用就造成了三千祖鲁人的死亡时，发生在眼前的战争就变得虚幻了。团长会觉得自己犹在课堂之中，战争史中连绵不尽的炮火混淆在一起，丧失了具体的面貌与目的。它只是"一场战争"而已。团长因此对倒在自己眼前的士兵视若无睹，令他忧伤的，倒是那三千祖鲁人——当年这些祖鲁人面对这种喷火的家伙时，他们该是何等惊讶啊！团长黯然神伤地想。

很快，他的这个团充其量只剩下了两个营的兵力。这样就形成了比较荒唐的局面，一下子有三位营长成了团长的马弁。三位营长对此感激涕零。其他部队已经就地正法了几名幸存下来的军官，其中甚至不乏团长这样级别的。交战双方任何一支部队溃退的时候，等在身后的都是比敌军更为冷酷的督战队，督战队用大刀砍杀的血腥方式来稳住阵脚，把魂飞魄散的败兵重新赶上前线。两相对比，他们这个团实在是受到了额外的庇护。这当然和团长显赫的家世有关。能够惩罚团长的，也许只有他那位赫赫有名的父亲了。

传闻接踵而来。据说大本营在战争伊始，就没有指望他们这个团会战功卓著。如果说团长在这场战争中身负了什么重任的话，那就是在战争结束的时候，他依然还——活着。这些传闻自然在很大程度上扰乱了这支部队的军心。兵士们斗志涣散，整个队伍笼罩着一股梦幻般的消极情绪。同时，兵士们又有种没来由的乐观态度，毕竟，相对于其他部队，他们进行的这场战争实在是有些像一场儿戏了。

减员日复一日地持续着。团长的厌恶情绪也愈加强烈。他觉得自己唯一的任务就是看着自己这支部队的人马一个个阵亡。这似乎都成了一个目标。有时候团长甚至会奇怪地认为：在如此残酷的杀戮和大面积的死亡之下，自己的人马消失的速度居然是缓慢的。

大本营似乎一直忽略着这支部队。直到有一天，一位营长在团长的身边被流弹掀去了整张脸，大本营才对团长的安危担忧起来。

团长眼睁睁地看着那个失去了脸的人兀自从自己身边掉头跑开。那个人像是突然觉悟了什么，他向着后方拼命奔跑，仿佛目标明确，一转眼就没有了踪迹。后来兵士们在一片树林中找到了那个人的尸体。当时树林中挤满了扑翅乱飞的麻雀，那个没脸的人却用他的整个身体呈现出了一种惆怅的表情。

这就是死亡！团长在心里叹息着：扑翅乱飞的麻雀，以及没有了脸却依然惆怅的表情。

死亡和团长近在咫尺，大本营终于意识到了这一点。新的命令很快就下达了。团长被命令带着残部迅速向后撤退，迂回大半个战场，去占领另一场战役的一个关键突破口。团长被告知，他要率部到达的是一条险峻的大河，并且要如期在这条河上架设一座桥，随后大部队将从这座桥上通过，奇袭敌军的指挥中枢。大本营对于团长的安排看起来殚精竭虑，因为据说保证团长的安全也是这场战争的战略目标之一。他们杜撰出了一个符合军事逻辑的命令。

大本营甚至充分考虑到了团长的荣誉感，电文在措辞中虚张声势，夸大了这项任务的重要性，仿佛它真的事关全局，因此，语气不免就格外严厉。

严令之余，这份电文在结束的时候，居然破天荒地使用了这样的结束语：

向着伟大的胜利，前进！

时值夏季，这一带正是暴雨频发的时候。团长的队伍在滂沱的雨水中踏上了征途。这支作风散漫的部队非但应付不了残酷的战事，面对大自然的风雨也裹足不前。出发不久，部队就遇到了山体滑坡。一瞬间泥沙俱下，山路一侧的大山似乎整个坍塌了，巨大的石头裹挟在洪水中奔涌而来。好在团长并没有走在队伍前列。他觉得这突如其来的一切更像是一声巨大的咆哮，余音未尽，就吞没了他面前的世界。天翻地覆，道里阻隔，团长眼前的部队顷刻间荡然无存。

令人惊讶的是，团长骑着的那匹马居然丝毫没有受到惊吓。它只是冷漠地摆了摆饱满的头颅，将鬃毛上的雨水抖了团长一脸。倒是那些毫发无损的兵士们乱作了一团。他们狂呼乱叫，你推我搡地抱头鼠窜。

团长被激怒了。他觉得自己的部下个个面目夸张，仿佛是在演戏。他怒不可遏地用马鞭狠狠抽击身边的兵士，并且戏剧性地拔出了自己的毛瑟手枪向天鸣放。枪声在混乱中显得微不足道。这时给团长充当马弁的那几位营长发挥了作用，他们不约而同地拔枪射击。几名兵士中弹倒地，浑浊的泥水迅速将他们身上涌出的血变成了浓稠的泥浆。

局面因此得以控制。稳定下来的兵士们在大雨中呆若木鸡。前方依然有石块不断坠落下来，在山谷间发出重重叠叠的轰鸣。团长面容肃穆，忧郁地看着自己的这支队伍。雨水从他的帽檐上落下，仿佛一道水帘。团长透过这片浊水，看到世界一片令人无法容忍的肮脏。他甚至开始厌恶自己的这些部下，觉得大雨之中的他们，衣衫褴褛，军容败坏，神情都有些令人不齿的迷惘。

队伍转移到了一片遍布着碎石的安全地带。团长站在最先搭好的帐篷里向外张望，他看到自己的兵士们突然士气高昂起来。兵士们在暴雨中有条不紊地忙碌着，像一群分工明确的蚂蚁。雨水弥蒙，场面居然有些感人。很快营地就搭建起来，并且很像那么回事儿。

"看来我们这支部队不善于破坏，倒是很善于建设。"团长调侃地说，"命令我们去架桥实在是个英明的决定。"

他的副官替他点燃了一支烟，不无忧虑地提醒他："这项任务也未必轻松，如果我们不能按时到达位置，一样是失败……"

"失败？"团长自言自语地嘀咕了一声。

迄今为止，尽管他的部队距全军覆没只剩一步之遥，但还从来没有人对他说过"失败"这个词。

副官从小就是团长的贴身侍童，团长赴东洋留学他都陪侍在身边，在他眼里，团长永远不是自己的长官，他只是自己的少爷。因此，当"失败"这样的军事术语从嘴里说出时，副官自己都有些惊讶。他不安地看着团长的背影，不禁为他形销骨立的单薄样子感到了伤心。副官最清楚团长的留学生涯是怎样度过的，此刻他仿佛又看到了那些妖娆的樱花，看到了那些东洋女子体毛丛生的私处，他甚至嗅到了那种具有迷幻气息的西梅脯和深色樱桃的香味。副官怔怔地想，从一开始老爷就错了，眼前这个人，哪里是块做军人的料？副官突然感到了不安，觉得自己的少爷也许永远完成不了战争中的任何一个任务了。

夜里团长不得不睡在一张军用吊床上，因为帐篷里灌进的雨水已经没过了脚面。他蜷缩在吊床里，即使难以入睡也没有辗转反侧的余地。后来好不容易睡着，又被一只闯进来的长尾雉惊醒。这只鸟滑翔着进来，落在了团长身上，饱含雨水的尾羽在团长脸上剧烈地扑打。睡梦中的团长被吓坏了，发出凄厉的叫喊。副官冲进来时，看到他缩作一团，正在掩面哭泣。那只鸟也受到了同样的惊吓，在帐篷里没头没脑地胡乱飞撞。副官一边安慰团长，一边斥责警卫。

"它呼的一下就飞进去了，"警卫辩解道，"我根本来不及挡住它。"

这时抽泣着的团长从指缝中发出了微弱的声音。那是一种怪声怪气的腔调，副官愣了片刻才明白了那是一道命令。

团长说："毙了。"

副官为难起来，他不知道团长命令"毙了"谁。但是他很快就有了方向——团长用一根苍白的手指指向了那名警卫。那名警卫已经将鸟赶出了帐篷，一回头却看到了那根指向自己的手指。

那名警卫被拖出去的时候，副官尚且心存侥幸，他忧虑地看着团长。但是团长依然蜷缩着身子，他甚至将大衣蒙在了自己头上。显然他并不打算收回自己的这道命令。

枪声在深夜的山谷中响亮无比，即使浩荡的雨声都湮没不了。团长以这种方式在这场战争中杀了第一个人。

副官在后半夜又走进了团长的帐篷，他放心不下自己的少爷。团长已经睡着了，脸上依然残留着泪痕。副官看到他的手垂在吊床之外，那纸电文夹在他的指缝。

拂晓的时候，副官再次走到团长帐篷前，而那纸电文已经漂浮在积水中，正缓缓地随之流走。

清晨，团长在暴雨间歇的时刻将队伍集合了起来。山谷中依然水雾弥漫，这影响了团长的视觉。他站在一块嶙峋的怪石上，放眼望去，居然觉得雾气氤氲中的这支队伍，仿佛兵多将广，填满了整个山谷。

团长首先清点了自己这支队伍的人数。士兵们的报数声单调、乏味，但却有种扣人心弦的效果。尽管团长已经有所准备，但实际数字还是令他吃惊不小。他终于认识到，如果严格按照标准编制计算，自己目前连一个营长都算不上了。距离团长较近的士官蒙眬地看到了他的神情，都感觉到了一股非同以往的凝重。接着，这股凝重的气氛像雾霭一样迅速感染了整个部队。

"长官犹在，士卒全无，你们知道该如何论罪吗？"团长淡淡地对身边的几位营长发问。

几位营长噤若寒蝉。但是他们立刻发现，团长并非在申斥，他神色黯然，目光中甚至有股深深的同情。

团长做出了原地休整的决定，并且罢免了那名唯一还名副其实的营长，自己亲自负责营一级的指挥。这时雨又下了起来。团长命令部队冒雨进行操练。他拒绝了副官劝他回到帐篷里的请求，始终站在那块石头上，身上的披风不一会儿就被雨淋透了。

当晚团长就发起了高烧，随军医生忙了一个通宵才使他的体温降下来。但是清晨的时候，他依然亲自去督导部队的操练。

三天后这支队伍起程了。跋涉在暴雨与泥泞之中的兵士们都发现了团长脸上那种发着高烧的迹象：既萎靡又亢奋，两颊绯红，仿佛处在微醺之中。团长慷慨激昂地动员了一番后，策马消失在了稠密的雨雾中。

二

部队在深夜抵达了目的地。团长在夜色中考察了那条黝黑发亮的河。他站在岸边都能感觉到河流湍急的流速。他觉得脚下的碎石似乎在隐隐振动。河面的风向是与水的流向一致的，似乎是河水裹挟了风。

部队在河岸扎营。这一夜团长睡得格外深沉。

翌日清晨，两个戴着斗笠的人冒雨来到了营地前。他们给哨兵出示了一张证件后，站在雨中等候团长的召见。

团长其实早就看到了这两个人。他睡了一个少有的好觉，一大早就站在帐篷里向外眺望。他看到这两个人远远地向自己走来，他们头上的斗笠吸引了团长的目光。出现在雨中的斗笠本来不足为奇，但是团长通过望远镜看清楚了这两只斗笠上都插着一根粗短的羽毛。团长猜测这一定是某个组织的标志。他心事重重地看着这两根在雨雾中前来造访自己的羽毛，隐约感到了某种不安。

哨兵证实了团长的猜测，这两个人果然是当地民协的负责人。

尽管团长被不安的情绪困扰着，但他还是立刻会见了这两个人。因为团长非常清楚，革命军取得的胜利实赖武力与民众运动的结合，作为襄助革命的重要力量，民协在这场战争中起着举足轻重的作用。

这两个人被请进帐篷后，团长的注意力就集中在了他们的斗笠上。他有些荒唐地请他们摘下斗笠让自己看看。两位负责人面面相觑，但还是满足了团长的要求。斗笠其实很寻常，是用竹篾夹油纸编成的，但那根粗短的羽毛有效地令其不同凡响起来。团长若有所思地捻着那根被雨淋湿的羽毛，不禁想起了那天夜里将自己惊醒的长尾雉。在团长的意识里，那只长尾雉有着某种意味深长的来历，它似乎昭示了什么，被它冰冷的尾羽纷乱地扑打在脸上的滋味，始终令团长不寒而栗。

团长怔忪的神情给两位负责人留下了难忘的印象。他们本来准备向团长详尽地汇报当地的形势，但面对团长的心不在焉，他们知趣地打消了念头。双方的交谈显得有些尴尬，两位负责人并没有探听到这支革命军突然抵达的目的，团长用一句"这是军事秘密"打发了他们的好奇心。

团长的态度引起了两位负责人的不快，他们觉得受到了不应有的轻视。当团长提出让他们给自己的士兵提供洗澡的条件时，这种不快就演变成了不满。

"要热水，最好还有香皂。"团长不紧不慢地说，"我的士兵们现在迫切地需要清洗一下。"

"洗澡对军人这么重要吗？"一位负责人不无揶揄地说，"我自己都有多半年没洗澡了。"

"所以你不是军人。"团长立刻反驳道。

交谈的气氛变得紧张。两位负责人感到蒙受了羞辱，在这种情绪下，他们提及了元熙先生。元熙先生的大名团长早有耳闻，甚至在东洋留学时，都有异国朋友向他打听过这位版本目录学大家。但是此刻在这两位负责人口里，元熙先生却是著名的劣绅。

"我们准备组织特别法庭审判他，"一位负责人沉声说，"也许要杀掉他。"

团长没有听出他们的弦外之音，并没有领会到他们此刻是在显示自己的力量。他有些恍惚，元熙先生的名字使他回忆起了自己的异国友人，于是那些有关的异国岁月也翩然跃上了他的心头。他想起了那几位东洋女子，想起了她们沐浴在温泉中的慵懒的样子。

当两位负责人告辞的时候，团长置若罔闻地依旧陷在自己的回忆中。

尽管民协负责人与团长的会面不甚融洽，但他们依然满足了团长的要求。部队在当天下午分批进入了那座古镇。民协已经安排好了一切，他们在古镇唯一的澡堂里为团长的兵士们蓄满了热水，当然，还有充足的香皂。

率先而来的团长踏上古镇的青石路面时，看到街两边站满了欢迎自己的民众。他们似乎被某种命令约束着，尽管高矮不齐，但依然显得整齐划一。团长骑在马上，他高高在上地望下去，满眼全是插着羽毛的斗笠，这令他们看起来更像是一支训练有素的队伍。团长的人马从他们之间穿过，似乎也感到了无形的压迫。当面对一群有组织、守纪律的民众时，兵士们也许突然羞愧了起来，连团长骑着的那匹马都有些垂头丧气了。

澡堂并不简陋，除了石砌的大池外，还另有几间隔开的雅室。考虑到古镇的偏僻，它甚至算得上是精致了。团长有些惊讶，他没有想到这里居然会有这样讲究的沐浴场所。但是他很快就从澡堂老板的嘴里得到了答案。

澡堂老板是一个瘦小的中年男人，他显然是受到了恐吓，当他被带到团长面前时，依然处在恐慌的余悸之中。他不敢正视团长的眼睛，因此团长始终无法看清他的脸。这个垂头而立的人将自己的双臂抱在袖筒里，团长问一句，他答一句。他告诉团长这家澡堂是元熙先生的产业——当年元熙先生返乡后把开设一家澡堂当作移风易俗的手段之一。

"它根本不赚钱，"澡堂老板嗫嚅地说，"根本没人来洗，即使元熙先生免费请他们洗他们也不肯洗。"

此刻团长已经泡在了雅室的水池里，副官用木勺一瓢一瓢地将水浇在他身上。被热水浸泡和浇灌的滋味使团长陷入了一种无法排解的寂寞。他觉得澡堂老板发出的声音仿佛无限遥远，尤其当这个声音说起元熙先生居然在这里办过一份报纸时，团长更加觉得犹在梦中。这份报纸最终当然是半途而废了，听到这个结果，团长似乎才回到现实里。最后团长随口问起了元熙先生对这场战争的态度，澡堂老板却回答道："元熙先生是刀子嘴，豆腐心！"他不但答非所问，而且语气也突然尖利起来，有种强辩的味道。

团长并没有在意澡堂老板的紧张，他本来就问得毫无目的，况且这次沐浴是这样地令人满意，团长已经全身心地懈怠了。他将自己完全沉入水中，只留出鼻孔呼吸。水流从他脸上漫过，透过水面，他依稀看到水流动荡的起伏。团长莫名其妙地想起了那个死去的营长，那个失去了整张脸的人此刻仿佛漂浮在水面上，他的面孔正成为扭曲的波纹。团长发觉自己居然已经遗忘了这个人的名字，即使绞尽脑汁也无从想起。这令团长陷入深深的自责之中，这个人对于他突然变得无比重要，他觉得自己用遗忘背叛了这个人。团长的眼泪流进了水里。

在澡堂外的街道上，等候洗澡的兵士们却惹出了乱子。

几名下级军官异想天开地向民协负责人提出了召妓的

要求。这个要求令对方愤怒莫名，本来已经积存的怨气立刻爆发了。一位负责人毫不客气地驳斥了他们的非分之想，并且用恶劣的方言辱骂他们。当这几位下级军官听出自己是在挨骂时，不免有些恼羞成怒。但是面对他们的强硬，对方丝毫没有退缩，双方由谩骂发展到相互推搡，气氛剑拔弩张。混乱中一位军官的帽子被人碰掉了，这就如同发出了一道号令，枪声立刻就响了。

闻声而来的团长并没有立刻下令制止骚乱。他站在澡堂门前的廊檐下，看着双方在雨水中壁垒分明地对峙，仿佛隔岸观火。

是团长身边的副官替他行使了职责。肇事的军官被捆绑起来，副官没有征求团长的意见，就命令将这几个人枪毙掉。副官这么做显然是正确的，他已经看出了局面的严峻——那个被枪击中的人倒卧在青石路面上，插着羽毛的斗笠滚落在雨水中。

直到这时团长才缓慢地说道："让他们洗了澡再正法吧。"

几名下级军官为自己的荒唐付出了性命，但民协对于这支不期而至的革命军依然萌生出了排斥感。这支军队挫伤了他们的期待。在他们眼里，这是一支态度傲慢并且作风败坏的部队，这位团长，也缺乏某种他们认可的气质——他的脸甚至都缺乏一个革命军人应有的正确性。几位民协负责人私下交流了看法，他们一致认为，这位团长更像是一个牢骚满腹并且沉疴在身的少爷。在对团长进行了比喻意义上的蔑视后，某种报复性的情绪也在他们心中悄悄酝酿起来。但是，对于这支革命军，民协依然保持了最后的一点热情。他们邀请团长将队伍带到古镇来，这里的条件显然要比潮湿的河岸强得多。

团长亲自去慰问了那名受到枪击的民协成员。这个人已经被抬到了廊檐下，他不知什么时候已经捡回了自己的斗笠，紧紧地抓在手中。随军医生正紧张地为他处理伤口。团长看到这个浑身是血的人依然保持着一种冷漠的镇定，他的不动声色与那几名下级军官临死前声嘶力竭的叫喊形成了鲜明的对比。他似乎对自己身体上的创伤毫无反应，只是那只抓着斗笠的手攥出了青筋。团长举目四望，他发现围拢在自己身边的那些人都有着相同的表情，一只只斗笠遮盖下的脸，都有着一种冷漠的镇定。宽大的斗笠在他们脸上投下了一丝不易觉察的阴影。

团长心里再次感到了某种不安。他拒绝了民协的邀请，决定依然将营地扎在河岸边。他的拒绝在对方看来，不啻又是一种缺乏善意的态度，团长因此又一次丧失了与对方融洽起来的机会。在这支队伍到来之前，当地民协的活动还是相对温和的。这块地方民风淳朴，洪流滔天的革命风暴并没有完全涤荡这里。但是，当这支队伍一再令他们感到失望后，他们渐渐被某种粗暴的行动热情鼓舞起来了。

　　团长被请进了民协的指挥所。这间指挥所设在澡堂对面的一座木楼里，看得出以前曾经是家饭馆，如今里面的条凳依旧摆在一张张木桌边。民协的成员们如同吃饭一样地一桌桌围坐着，这种情形令团长感觉自己仿佛是在赴宴。在这里，那两位曾经拜访过团长的负责人再一次提起了元熙先生。他们控诉了元熙先生阻挠民众运动的诸多罪行。

　　"我们准备对他采取行动，报告已经送往省城，"一位负责人语气坚定地说，"估计批复很快就能下来，届时请将军出席我们的特别法庭，指导我们对他进行审判。"

　　团长不置可否地看了对方一眼。他感觉到了，这个元熙先生已经成为对方与自己抗衡的一个筹码。团长觉得这当然是可笑的。

似乎带有某种嘲讽的意味，这位负责人面对团长的模棱两可，又列举了一项元熙先生的劣迹——民协准备以团长父亲的名字重新命名这座古镇，以示对革命元勋的敬意，但这件事情却遭到了元熙先生的诋毁，他甚至不惜写出反动文章沿街散发。

"文章内容恶毒，多有诅咒之词，如此劣绅难道不应该杀掉吗？"这位负责人玩味地看着团长。

团长并没有因此而激动。当自己父亲的名字突然出现的时候，团长并没有如那位负责人期望的那样聚精会神起来，相反，他的思绪更加恍惚了。团长仿佛看到父亲向自己走来，令人费解的是，这个走来的父亲居然也戴着一只巨大的斗笠，一根长长的羽毛垂在他的脑后，上面挂满了污浊的雨水……

三

当新的电令到来时，团长正站在河边眺望对岸。雨后初雾，空气中弥漫着植物与泥土潮湿的腥味。士兵们正在准备架设桥梁的木材，橐橐的伐木声回荡在身后。团长觉得那些被砍伐着的树木散发出了一种夸张的忧郁气息，这种只有新鲜伤口才有的气息令整个河岸变得伤感。

团长接过副官送来的电文，匆匆读完后，沉默不语地返回了自己的帐篷。

大本营命令团长迅速完成那座桥的架设，并且过河占据有利地势，准备阻击敌军的偷袭，"将敌人有效地拦截于河之对岸"。

这份电令措辞沉重得都有些轻佻了，以一种显而易见的、怂恿般的口气鼓舞团长以主动的进攻来取代被动的防御，这样才能争取到足够的时间，以待援军的到来。

赋予这支部队如此重大的责任，大本营也是不得已而为之，是突变的战局将团长推向了风口浪尖。同时，大本营也过于乐观了，他们低估了这支部队的减员情况，如果他们知道被自己寄予厚望的只是一个营的兵力，那么他们就会明白自己正面临着巨大的风险。

电文中并没有解释局势与上一道命令之间的出入，但是破绽在团长眼里一目了然——自己这支队伍本来是为偷袭开路的，现在居然担负起了阻击偷袭的重任。团长从"援军"这两个字看清了自己面临的处境，他明白了，自己已经被置于了需要援救的境地。

团长当然有一种被愚弄的感觉。他猜测这一切都是自己那位严父的主意——用一种诡计般的策略将自己哄骗到最为险恶的绝境，以此达到他用血与火锤炼儿子的目的。团长深知自己的父亲对这场战争的热忱。这个结论难免令团长感到哀伤。可是他的副官却说出了另外一种可能性。年轻的副官似乎已经洞悉了这个时代深奥的背景，懂得战争只是那些深奥背景的肤浅体现。他以一个从小在大家庭中周旋于所有主子间的侍童的机智，向团长尖锐地指出："也许是老爷出了什么事？"副官的推测似乎更加合理——团长的父亲身处时代的中心，历史的经验说明那样的位置风云莫测，一旦跌落，势必祸及九族。副官更加怀疑团长如今恰恰就面临着一种内部斗争的迫害。

副官显然比团长更为客观，他不像团长那样总是感情用事，将个人情绪和弥天的战争混淆在一起进行简单的判断。但是他的结论比团长的更令人沮丧。团长的脸色变得煞白。情绪稍微稳定下来后，他提笔给家里写了一封信。

团长的这封信写得百感交集，整封信笼罩着一种忧伤的哀怨，如同对一个世界的告别之书。因为一切尚是猜测，他只能采取了一种含糊其词的语言。他首先试探性地询问了父亲的健康，然后就在信中回顾了自己的成长。将一个人的成长诉诸笔端，难免就会冗长，团长耐心地描述了自己记忆中最为遥远的一些画面，以这些画面的再现第一次向自己的父亲暗示出了某种眷恋之情，同时也隐隐地抱怨了父亲对自己态度上的暴虐。他有些疼痛，同时也有些神往。最后，团长向父亲简单汇报了自己目前的任务，尽管他流露出了自己对这场战争"最终目的"的迷惘，但是他依然向父亲保证自己会尽到一个军人的职责。他写道：

> 虽然我不认为获得战争的胜利比一朵花的开放与凋零更加有意义，但是我依然将令您欣慰当作我来到尘世的最终目的。

写到这里团长已经是热泪盈眶了。

这封信将由副官亲自送到团长的家里。在这种叵测的时刻离开团长，副官当然无法放心。他建议团长随便派一个马弁去传递家书。

"我走了谁给你洗头呢？"副官动情地说。

团长摆了摆手自顾离开了帐篷，命令卫兵牵来了自己的马。

这封家书多少缓解了团长内心的纷乱，他沿着河岸信马由缰地踽踽而行。充沛的雨水使这一带的植物长势凶猛，遍地的花公草和金不换开放得异样绚烂。团长在不知不觉中已经远离了自己的营地。

在一片过分明亮的阳光中，团长看到了元熙先生落寞的背影。正午的阳光照在元熙先生赭石色的长袍上。团长立刻就判断出了这个人的身份，对于这个人他似乎相识已久。

两个人在正午的河岸边不期而遇。面色苍白的团长看来并没有引起元熙先生的反感，同样，元熙先生那张著名的麻脸也没有成为他们之间交谈的障碍。团长端详着这位前朝的翰林，觉得他与自己的预期几乎没有大的出入，他似乎只能是这个样子的——穿着赭石色的长袍，站在明亮的日光中，身干修伟，却神色落寞。

团长的留洋经历成了他们最初的话题。元熙先生对于那个"蕞尔小邦"青眼有加，言辞之中不乏溢美。他讲到了自己的几名异国弟子，他们曾经邀请他去过汉口的日本租界，在那里他见识了唯有在书本上才能追慕的古典风度——"皆席地而坐，卧则以屏掩之，屏皆六曲"，元熙先生甚至觉得那些东洋女子"高髻如云，腰缠锦带，俨然是晋、唐画像中的人物"。这样的话题自然又勾起了团长的回忆，此刻当他站在这条河边怀念起那些曾经销魂的往事，不免有着恍若隔世的沉痛。

如同一场风花雪月终究将被马蹄踏碎，他们的话题很快就牵涉到了目前的战争。元熙先生毫不讳言自己对于这场战争的敌意，这位"前朝遗民"认为战争侵扰了他最后的乐土，他已经在一次又一次的"革命"面前一退再退，本来以为会在家乡聊尽余生了，但是这场战争再一次令犷悍之气充弥了都野。

作为一名投身于战争的军人，团长并没有足够的兴趣与元熙先生展开辩论，而且他也缺乏辩论的依据，因为对于这场战争的意义团长本身就是模糊不清的。团长的木讷激发了元熙先生的激情，他雄辩滔滔，仿佛终于抓到了一次尽情抒发的机会，眼前的这位青年军官在他眼里成了这场战争的代言人。最后，元熙先生将眼下的战争斥为一场邪气盈天的浩劫，无论目的还是手段，都不具备浩然的正气。为了让自己的理论更有说服力，元熙先生做出了令团长匪夷所思的举动——

他轻轻撩起长袍的下摆，缓步向着河水走去。

河水在阳光下熠熠发亮，泛着耀眼的波光。元熙先生进入水的中央，仿佛融入一片无限的光明之中。他始终没有沉没，河水只是淹过了他的脚踝，这样就隐匿了他的行走，使得他宛如驭风而行，漂浮在一片虚妄的逝水之上。

团长目睹了这奇迹般的一幕，他眼睁睁地看着元熙先生蹈水而行，抵达了对岸。巨大的震悚令团长周身战栗，他用双手捂住了自己的脸，无法克制地啜泣起来。团长的那匹马也发出了惊厥的嘶叫，它瘫倒在地，粪便和着尿液喷涌而出。

元熙先生重新回到团长身边时，团长依然陷在巨大的无能为力之中，他蹲在地上，以手掩面。团长觉得自己被彻底掏空了，孤单单一无所依。当元熙先生的手搭在他觳觫着的肩头时，他除了感到虚妄，还有一种彻底的顺从自心底涌起。

"这其实没有什么，我刚刚不过是走在一座水中桥上。" 元熙先生安慰着这个年轻的军官，他没有想到他会如此脆弱。元熙先生这样说道："这座桥比我的年纪都大，枯水季节它会浮出水面，眼下雨水充沛，它就沉入了水中。你看到了，当我通过它抵达彼岸时，必定拖泥带水，沾上邪秽之气，所以我从来不会走它，如果要去对岸，我宁可多走几百里路，从另一座正大光明的桥上走过去。你觉得这荒唐吗？不，这就好比春耕秋收，你会觉得目的可以大于一切吗？其实手段已经在最初决定了目的，这便是因果……"

泪迹未干的团长仰起头，他看到元熙先生那张麻脸上的每一个坑凹都被阳光填充了，同时，团长觉得正午的阳光像雪崩一样灼伤了自己的眼睛，一瞬间，他的内心被某种无端的热情点燃，他似乎找到了这场战争的意义，并且突然迫切地希望为之申辩。

"我的部队也不会从它上面走过，"团长喃喃地说，"我们正在架一座桥，我们将从自己架起的桥上堂堂正正地渡过河去，走向伟大的胜利……"

遗憾的是，团长的话并没有被元熙先生听到，他的声音微弱，而且元熙先生已经转身离开了他。团长看到元熙先生每走一步都在河岸的石头上留下了一片水迹。

团长无法想象，他在这一刻做出的决定，最终成了这场战争的一个转折点。这座水中桥本来可以改变历史，它是一个玄秘的存在，是历史中无数次出现过的所谓机会。如果团长抓住了这天赐的捷径，迅速跨过这座现成的桥，那么他将争取到足够的时间。后来的战事说明了时间的宝贵，它足以弥补这支部队兵力上的不足；团长完全可以利用时间的有效性，以逸待劳地迎击敌军。

但是，此刻团长固执地坚持让自己的士兵继续架设一座含义万千的新桥。

四

团长对自己的部下隐瞒了那座水中桥的存在，他怕兵士们因此懈怠新桥的架设。这座新桥在团长的要求下搭建得过分铺张，完全不像一座临时性的桥梁。团长否定了搭一座简易浮桥的方案，他要求这座新桥必须明显高出水面。

始终有头戴斗笠的人出现在营地周围，他们不解地注视着在水中施工的士兵，目光中有种观赏的态度。这些当地人当然知道那座水中桥，但是隐存的隔阂阻止了双方的交流，否则他们一定会向士兵们发出疑问，并且指出他们的工作实际上是多此一举的徒劳。

时间就是这样被延宕的。

三天后，新桥在团长的督促下竣工了。它在夕阳下笔直地矗立在水中，新鲜的木头依然散发着新鲜伤口般的忧郁气息。

部队开拔前夕，团长策马来到了元熙先生的宅第前。

元熙先生的宅第建在一面山坡上，围墙高大宽阔，仿佛一座独立于世外的城池。团长远远望着这座宅第，觉得它和自己的家似乎是由同一群工匠建造起来的——它们出自同一个蓝图，尽管细节上偶有不同，但是整个气质却如出一辙。团长困惑地想，眼前这座宅第里的主人已经成了这场战争的障碍，它也许将要面临自己父亲所代表着的那种力量的摧毁。团长无法厘清这里面的逻辑，起码他从表面上看不出这座宅第与自家宅第之间的差别，因此他无法找到两者之间对立的根据。

黄昏中的团长觉得自己仿佛是走在回家的路上。温暖与沮丧同时出现在团长的情绪中。这一点都不奇怪，因为这两种情绪就是团长对于自己那个家庭的基本情绪。这种情绪令团长在山路上踟蹰不前了，他拿不定主意是否真的该去见一见元熙先生。他觉得自己的到来，也许不能算作一种拜访，可是没有了拜访的性质，他将以怎样的姿态走进元熙先生的家门呢？最后，团长终于掉转了马头。

在山脚下，一队戴着斗笠的人与团长相遇了。对方停下了步子，但是团长策马急驰，从他们身边风一样掠了过去。团长并没有轻视对方的意思，他只是不愿意让他们看到自己满面的泪水。团长的泪水毫无缘由，仿佛扑面而来的山风吹痛了他的眼睛，令他孩子般地失魂落魄。

团长在天色黯淡的时刻来到了那座水中桥前。他的马警觉地喷着响鼻，仿佛能够看到某种隐匿的危机。团长跳下马，用手抚摸着马头，同时把自己的脸贴在马颈上温柔地摩擦着，这番亲昵的举动令团长和他的马彼此都得到了安慰。团长坐在河岸边，最后一次回忆起那些东洋女子。

她们肌肤如雪，经过温泉的浸泡，又会泛起淡淡的粉色，总是令人身不由己地渴望偎依过去；她们的品质中有种天生的沉默，她们用沉默将喧哗的世界还原成最简单的几种关系……

团长的欲念在回忆中滋生起来，昏暗的河水从他眼前流淌而过。

远处传来两声枪响，一些扑翅乱飞的鸟从头顶飞过。团长陡然觉得胸口和头部一阵疼痛地痉挛。那匹马发出了一声嘶叫。

回到营地后团长就得到了元熙先生已经被枪决的报告。民协曾来找过他，在寻找未果的情况下，他们自己完成了对元熙先生的判决。他们送来了一份书面材料，说明了此次审判得到了最高组织的许可；处决元熙先生时一共开了两枪，一枪击中头部，一枪击中胸口。

营地的篝火已经点燃，空气中尽是松树燃烧后特有的芬芳。团长走到一堆篝火前，将报告丢进了火焰中。他突然想起了自己的父亲，他觉得元熙先生的容貌依稀有些像自己的父亲。

这支部队连夜跨过了自己亲手架设的新桥。

他们刚刚抵达对岸就与敌军遭遇了。黑暗中双方试探性地互射了几枪后，大规模的战斗就爆发了。敌军显然也没有估计到这支部队的出现，他们也是刚刚到达。黑夜掩盖了双方战术上的仓促，令最初的交战势均力敌。团长的兵力尽管严重不足，但装备依然完整，几十挺马克沁机枪交织出的火力有效地迷惑了敌人。

　　但是黑夜终将过去，团长明白，一旦天亮，自己这支部队的脆弱就将暴露无遗。现在他才意识到时间的意义——在敌军到来之前，如果自己的部队早一些抵达对岸，构筑起有效的工事，那么就可以取得关键性的战略优势。而眼下，只有短暂的黑暗在掩护着他们了。团长并未因此产生一丝悔意。如果说他的选择丧失的是一场战争的取胜机会，那么，对他自己而言，他觉得自己抓住的是一次同样重大的机会。

　　团长决定发起冲锋。这个决定并不是出自战术的考虑，他只是觉得应当这么做。他已经知道了，这是自己的最后一次战斗，同时也是自己唯一一次真正意义上的战斗。战斗本身已经成了意义，于是一切都变得单纯，团长再也不觉得迷惘，那种曾经深刻困扰着他的问题烟消云散。团长身先士卒。在他的感召下，这支一贯散漫的部队焕发出了强大的勇气，兵士们前赴后继，甚至一度冲垮了敌军的斗志。

白昼终将来临。当晨曦显露的时刻，浑身血污的团长又一次热泪盈眶。

随着光明的到来，这支部队完全暴露在敌军的眼前。当敌军掌握了他们的实际兵力后，屠杀般的反扑就开始了。

这场局部战斗持续到午后终于结束。

团长的部队全军覆没。敌军在层层叠叠的尸体中找到了团长，在清点了战果之后，他们误以为被自己击毙的这位年轻军官只是一位营长——团长的军装已经无法让人辨别出真实的军衔了。这位年轻军官的整张脸都被掀掉了，但是令人惊讶的是，这个没脸的人却用他的整个身体呈现出了一种惆怅的表情。

与此同时，疾驰而来的援军在得到消息后仓皇回转，他们距离这条大河仅剩一天的路程。

整个战争就此逆转。大本营做梦也不会料到，其实冥冥之中曾经有一座水中桥可以指引着他们走向胜利。

团长阵亡的消息传来时，他的副官正跟随着老爷踏上漫长的流亡之路。他当然不用再回到少爷身边了。老爷在一夜之间苍老，他在败局面前被迫放弃了所有财富和尊严后，只随身珍藏着儿子的那封家书。

在此后的颠沛流离中，副官想起少爷时就会拿出那纸电文来看。这纸电文是他在一个拂晓从团长的帐篷外捡起的，当时它正随着雨水缓缓流走。电文被雨水浸泡后，文字已经漫漶不清，只有为数不多的几个字尚可辨认：

向着伟大的胜利，前进！

锦

瑟

上　篇

　　我被人叫作"老张"已经有四十多年了，从三十岁开始，一直叫到了现在。这说明我真的是老了，从骨头到心脏，都向着死亡打开。我不知道其他像我一样老朽的家伙是怎么活着的，他们在电视里幸福地举着小红旗跋山涉水，说"腰好，背好，腿脚好"，这令我感到羞耻。我以为这羞耻只是属于我的——一个枯槁的老年琴师，连皮肤都已经发脆，睡一觉都不知道还能不能再醒来的家伙，却不愿意搬回去和子女们住在一起颐养天年，死皮赖脸地留在剧团的院子里，为的只是能够时常看到那些如花朵般新鲜的女孩子。这真的是令人羞耻。因为我干瘪的身体里还不恰当地保存着欲望的水分，它们腌渍着我，像是在酱着一根老黄瓜。我常常躲在窗角下，用浑浊的目光偷窥窗外。剧团里的那些女演员们常常会从我的窗前走过，那时她们刚刚练完功或者洗完澡，热腾腾，水淋淋，神态慵懒。我用眼睛就可以呼吸到她们身体微酸的气味。这种用眼睛呼吸到的气味令我发抖，身子像是被锐利的光刺中，却冷得出奇，只有那个部位是热的，尽管热得微不足道，但被整体的冰冷对比成了灼烧。一个完全意义上的老年人，还被灼烧，这就是羞耻。

这种羞耻真正成为内心的煎熬，是从我的外孙女杀了人那天开始的。之前，我基本上没有明确过它。我只是藏在自己的窗下用眼睛呼吸，没有侵犯过任何人的利益，而且我是那么的衰老，心都像皮肤一样地长满了褐色的斑，一个老年人应该具备的豁达我早应该具备了。我已经逼近了肉体的本质，一般不会再对肉体的问题进行谴责了。可是林杉杀了人。她是我们一家人的骄傲，读书读到了博士的分上，怎么会不让人骄傲呢？但林杉却杀了她们学校里的一位女校工。所有的人都痛不欲生，他们都在声嘶力竭地问为什么，为什么，林杉杀人的理由何在？——这一点连公安局都给不出答案。只有我不去问这里面的究竟。我只是在一个刮大风的日子，一个人去了看守所。我等在那扇大铁门的外面，从早上一直等到了黄昏，终于见到了那位具体办案的警察。他是一个毛头小伙子，嘴巴上刚刚长出灰灰的绒毛。我郑重其事地对他说，你把我抓进去吧，把林杉放出来。他看都没看我一眼就郑重其事地骑上摩托车走掉了。我知道这种不可理喻的话他一定是听得太多了，已经没有耐心再去做解释教育的工作。其实这一点常识我也是懂得的，但我还是要来这一趟，要把这句话说出来。我已经是走到生命出口的人了，就像一个穿越了漆黑隧道后已经看到光的胜利者，我已经有资格用生命的方式提出自己的要求。我一个人往回走，风很大，黄昏恍惚的光似乎都是被风吹来的，它们刺痛了我。我走在空虚的光和空虚的风里，出神地想，这一切都是我造成的，老天给了我最严厉的处罚，他把一头老公羊犯下的错施加在了一头无辜的小羊身上。这么想着的时候，我的左腿就被一辆飞奔而过的农用三轮车卷在了轮子下面。我没有感觉到一点痛，心里面更加坚定了自己的判断：这都是给我的惩罚——那天夜里，我就是用这条左腿迈进的那家洗头店啊。

那天是重阳节。上了年纪的人就比较注重阴历了，我们就活在阴历的气氛里。更何况还是重阳节。我的身体在那一天出现了反常，它在没有任何气味的刺激下一整天都间歇着灼烧。这似乎说明，我的欲望其实是来源于头脑的。节日的气氛就可以暗示和感染我，令我的身体被腌住，蠢蠢欲动地发酵。这种来自头脑的欲望甚至比女人微酸的气味更加凶猛，它令我的心在那一天的清晨就突然被烫醒。朦胧中，我的心突然像是一块滚烫的铁被淬进了水里，滋拉一声冒出了烟。我从梦中醒来，立刻就做出了那个决定。这个决定和重阳节一样地不可动摇，它来自时间的陷阱，理所当然，没有进退的余地。我身陷其中，只能够随波逐流，就像岁月一样，无法转圜。但我还是尝试着做出了抵抗。我靠一壶酒打发了整个的白天。一个老年人似乎不应该如此地优柔寡断，他应该更多地被身体牵着往前走，这一把年纪，就应该是最妥帖的理由。但是，这时身体的干瘪又已经可悲地成了障碍。所以，那一整天我一边喝酒，一边还有一些悲愤。我不知道，我家林杉这一天也是靠着一壶酒打发掉的。悲愤和在酒里，让我在傍晚的时候失去了知觉。当我再一次灼烧着醒来时，已经是深夜了。就是说，已经过了严格意义上的重阳节。时间已经向前流转，我已经错过了节日才有资格放纵的机会。我固执地认为，如果这时我接着睡觉，我家林杉现在也会顺顺当当地继续读她的博士。但是，黑暗怂恿了我。在黑暗中，我用手战战兢兢地抚摸自己瘦骨嶙峋的肋条，突然就感觉到了安全，它们隐匿在黑暗里，好像被保护了起来。我从床上摸索着起来时，打碎了那把陪了我一整天的酒壶，残存的酒气飘进我张开的毛孔里。

我从自己的屋里出来，许许多多的回忆都等候在漆黑的夜色里，一下子就包围了我。我想起了自己恋爱的时光，想起第一次和女人做成好事的那一刻，还有那个唱青衣的女子，每次上床前都要求我先拉一段胡琴……夜晚的寒露和回忆一同给我的身体注入了水分，令我所有的器官都灵活起来，以至于当我经过剧团澡堂时，耳朵敏锐地捕捉到了里面传出的那种声音。那种像是生病的声音，立刻加重了我的灼烧。我知道这声音是那个看澡堂的女人发出来的。她是一个粗鲁的中年妇女，肥胖不堪，挤在澡堂的门框里，任何一个逃票的人都休想闯过去。但是，就是这样的一个女人，在那一刻都令我觉出了可人。我走在黑暗里，四周都是壅塞着的，像是被这个肥胖女人的身子挤在了门框里。那种绵软的挤压令我的骨头发出格格的响声。那一刻，我家林杉也行走在黑暗里。

我们剧团的四周布满了那种叫作"洗头店"的小房子，有关里面营生的消息早已经灌满了我的耳朵。步入老年后，我所有的器官似乎都变成了鼻子，我靠嗅觉活着，看到的、听到的、摸到的，最后都会变成一种味道，直接扑到我的肚子里，然后成为温度。这些洗头店的消息也成了气息，对我构成了温度，并且在今夜如火如荼。我对那里一直心存幻想。我已经有将近二十年的时间没有触摸过女人的身子了，我几乎已经要忘记它们究竟是什么模样了，我幻想着在洗头店里重温它们。但我对自己的身体没有把握，我不知道那种对我而言的灼烧还能不能对女人有效。我佝着背在黑暗里摸去的方向，也许还不完全和胯下有关，我想要重温的，也许不光是女人的身子。这么说，我的目标就似乎不是那么明确了。我是在将要迈进那家洗头店时产生出了这样的疑惑——我究竟想得到什么呢？但是已经不由我多想了，那扇贴着玻璃纸的门一下子拉开了，一个胸脯鼓鼓的女孩子伸手就把我拽了进去。我脑子晕晕的，只看到是自己的左腿先跨进了那道门槛。后来这条左腿就被卷进了车轮子下面，谁能说这不是报应呢？

我被女孩子安置在一张破烂的椅子上，她笑嘻嘻地问我先洗头还是直接进去按摩。她说的"进去"是指一面布帘的后面，从那里扑出的一种味道令我一下子变得六神无主了。我嗫嚅着跟她讲，我洗头，我都八十岁了我还进去做什么？我不知道为什么要跟她讲自己的年纪，而且我也只是七十岁刚刚出头，为什么我要夸大其词呢？她依旧笑嘻嘻的，说八十岁才要过老神仙的日子呢。我觉得她有些傻兮兮的，不知道再跟她怎么讲了，便僵硬地坐在椅子上，从镜子里看她把我的头抱进了怀里。这时候我就发现，我所要求的"洗头"有多可笑了。我的脑袋上已经没有几根毛了，它们零乱地倒伏在头皮上，让脑袋看起来像是一只布满了灰白色疤癣的皮球。这只皮球如今被委屈地挤在两只饱满的乳房之间，像是它们的赘生之物，挤来挤去，随时有被吞没的危险。她甚至没有使用任何洗涤用品，就是这样用两只乳房揉搓着我的头。她的身体是一只熟透了的石榴，而我的头，就成了她身体裂开后爆出的一粒石榴籽。我的头被她的胸脯挤坏了，已经空空如也。随后，我被她带进了那面布帘的后面。一进去，她就用手握住了我的那里。我像被一口冷风呛进了喉咙里，呀的叫了一声，又冒出一句"我都八十岁了"。她哼哼唧唧地拽住我的裤带，对我的惊叫充耳不闻。我的裤带一瞬间松开，裤子刷地掉在了脚面上。我枯瘦如柴，上了年纪后就没有穿过合身的裤子，宽绰的裤腰总是靠着裤带才能固定住，一旦松开，就会势不可当地掉下去。掉在我脚面上的，是我下身全部的遮挡，外裤、秋裤、内裤。我看到了自己的下身、两条标本一样的枯腿、一簇稀疏的白毛，还有那根半举着的东西。它的姿态可笑至极，灰溜溜的，进退维谷，像一个胆怯的贼。当它被女孩子的手拿捏住的一瞬间，我也像一个被人揪住的贼那样地发起抖来。我想，一定就是这一刻，我家林杉把那位女校工推下了楼。

我的心里就是在那一刻充满了不祥的忐忑，羞耻像刀子一样砍进了身子，齐刷刷地斩去了里面残存的所有欲望。我把裤子拎回腰上，我说我都八十岁了，除了洗头我还能做啥？她居然对我说，你有老年优待证我就可以给你打折扣，说着又不依不饶地贴过来。我慌了，两只手死死地攥住裤腰，说我不要她优待，多少钱给她好了。她果真就把手伸进了我的裤兜，从里面扯出了我的钱夹。我的两只手被固定在裤腰上，一松开，下身就会暴露出来，所以只好夹紧膝盖缩成一团，眼睁睁地看着她从我的钱夹里往外扯出三张一百元的钞票。我根本没有感到心疼，因为我的心已经乱成了一团麻，说不出的恐慌夹在烦躁当中，令我只想快一些逃出去。

我像一条丧家的老狗一样地跑回了自己的窝，蜷缩在床上，簌簌发抖，惊恐不安地等待着某种灾难灭顶而来。

第二天，我家林杉就被公安局带走了，说她把学校里的一个女校工从正在施工的楼上推了下去。家里立刻陷入悲惨的气氛当中。我女儿从早到晚哭哭啼啼地问为什么，为什么，为什么会这样。她不能够理解自己读博士的女儿怎么会在一夜之间成了杀人犯。这也是全家人的疑问，大家如此悲伤，似乎都是因为了不解，好像如果有个足够的理由，林杉杀了人他们就不会痛苦。只有我不作声，只躲在阴影中，偷偷地用鼻子嗅着他们不住口的追问。我在想，既然我这样一个老家伙都可以跑去嫖娼，林杉为啥就不可以去杀人呢？这同样都是不可理喻的事情，冥冥之中它们互为了因果，根本就不需要理由。我无限相信自己的感觉，认为自己令人发指的荒唐就是导致我家林杉杀人的根本原因。

我真正地体会到了衰老，已经没有丝毫的力气用来伤心了。有时候我企图调动起一点情绪来让自己痛恨自己，哪怕只有很微弱的一点感觉都好，但是我还是做不到。我已经成了一具空空的壳，连情绪都不听我指挥了。直到那一天，张老出现在了我的面前，给出了我家林杉杀人的理由，我才放声大哭起来。我哭得那个凶啊，好像把一辈子积攒的眼泪都哭了出来。我不在乎别人怎么看我，即使我知道，自己哭得像一条呜咽的老狗。

　　张老有着和我相同的年纪，但是我被人叫作"老张"，他被人叫作"张老"。他完全有理由被称为"张老"，他是大学问家，不然也做不成博士的导师啊。我家林杉就是他的学生，所以他能够给出我家林杉杀人的原因。

　　那天下午，我坐在轮椅上，在医院的草坪上晒太阳。我远远地就看到他缓慢地从明亮的光里走向我，一种类似樟脑的陈旧又亲切的气味由远而近。那样的情景很缥缈，一个银发的老头，一身灰色的布衣，一柄桃木手杖，像神话里的人，即使脚步蹒跚，也有种让人敬重的风度。他在我面前的石凳上坐下，告诉我他叫张君励。他说你是林杉的外公吧？我今天是特地来找你的，希望你有耐心听完我下面要讲的话。这些话我本来是要讲给林杉父母的，他们当然也有权利知道事情的真相。但是昨天夜里我突然改变了主意，我想，也许把一切讲给一位同我一样老迈的人，他更能够做出真实的判断。我这么做，不是为了博得同情和宽容，我只是想得到最恰当的判决，哪怕它是最严厉的。

他的话让我在阳光下发冷，但我没有力气表达异议。他其实也没有打算征求我的意见，双目半睁半闭，声音细微地自说自话，嘴巴里专心地咬着每一个字，像是咬着肺腑里的每一段肠子——

下　篇

我被人称作"张老"已经很多年了，自从我又可以站在讲台上，他们就这么称呼我了。其实那时候我还不到五十岁。他们认为我是研究唐代诗歌的权威，尤其是对李商隐的研究，在国内已经无出其右。李商隐你应该知道的，就是那位写"相见时难别亦难"的唐代诗人，他的有些诗常被用在戏文里，你是京剧团的琴师，应该不会陌生。你看，我又扯到了李商隐，习惯了，请原谅吧，我们都老了，很多毛病已经长在了骨头上，改不掉了。

我已经快八十岁了，成了名副其实的"张老"，这个称呼伴随了我三十多年的时间，它是一种荣誉吗？现在我也说不清楚了。林杉是我要带的最后一名学生，她来得太晚了。她应该在我三十岁之前出现，而不是在我的垂暮之年。你的确有一个相当出色的孙女。林杉有着很独特的精神气质，天生就具备某种诗性，非常贴近义山的诗意（哦，义山是李商隐的字），有着透明的虚无。这种透明的虚无是我所钟爱的，我的一生都浸沉其中。所以当我第一眼看到林杉，就有一种被光灼伤的心悸和紧张。这种感觉，我只有在吟诵义山的那首伟大的《锦瑟》时才会有：锦瑟无端五十弦，一弦一柱思华年……你看，我又离题了。

我也可以感觉到林杉对我的爱戴。你听出来了吗？我用"爱戴"，但没有力量使用"爱"这个字。我和你一样，已经丧失了那种明朗的勇气，也许我从来就不具备率真和果决的气质，年轻时不具备，到了老年，被"张老"定义后，就更加不具备了。

那一次，林杉要求我写一幅字给她，提起笔来，我不由自主就写下了"锦瑟"二字。我知道，这首诗也是令林杉非常着迷的。但她却阻止了我，用一只手拉住我的袖口，声音低低地说，老师，我要你写那首"昨夜星辰昨夜风"。我回过头看她，发现她的神态像喝醉了酒一样，双眼迷离，两颊微酡。那是一个午后，阳光正打在她的脸上，犹如被一面同样明亮的镜子反射过来，一下子就刺痛了我的眼睛。你知道，林杉要我写的这首诗，是义山非常有名的一首情诗，其中有两句你一定不陌生——身无彩凤双飞翼，心有灵犀一点通。这之前，林杉虽然明显地对我表现出了某种眷恋，但从来没有像那天这样直白过。她不知需要鼓起多少的勇气，才敢于如此清晰地向我示意。后来我才知道，她果然是喝了酒的。她把酒藏在包里，趁我展纸研墨的时候，偷偷地在我身后大口大口地灌进了自己的肚子。这样的举动，本身就具有烈日的特质。在那个光明的午后，我这样一个老朽，突然被如此众多的光明的事物包围住，一瞬间就有了炽热的眩晕，两眼也像是被强烈的光线刺盲了一样，在短时间里失去了方向感。我感觉自己被林杉从身后拥抱住，她的两只手从我的腋下穿过来，紧紧地揽住我，头贴在我的背后，反复厮磨。我身上所有的血突然都涌向了同一个地方，让那里膨胀起来。这种身体上的反应令我惊恐，就像一个成年人在某天夜里却不可思议地尿床了一样。我哆嗦着去掰林杉揽在我胸前的双手，但她的十指非常地执拗，我根本无法掰开它们。她那么年轻，我们的力量根本形成不了对比。我只有把身子向下缩，因为直立着，那里就明显地微微凸起一块，令我无地自容。这样的状况就有些滑稽了，我像一个顽童般地要滑到地上去，林杉就只好不遗余力地从身后架住我，阻止住我的下坠。这样僵持了一段，林杉终于失去了信心，小心翼翼地松开我，然后一言不发地走掉了。我喘息着瘫倒在地板上，心像被烈日暴晒过一样地裂出许多的皱褶。

你相信吗？我就相信，每个人的身体里都隐匿着另外一条命，更多的时候，它是以鬼的面目跳出你的身体，驱赶着你掉到一个又一个黑暗的洞穴里。年轻的时候，我曾经历过女人，那是我这辈子唯一经历过的女人。那时候，我下放在一座林场，当地的一对中年夫妻给予了我人类最朴素的关怀。但我身体里的那个鬼却跳出来，把黑暗中最弥足珍贵的这点微弱光芒也掐灭了。那是最困难的时期，饥饿死死地扼住每个人的喉咙，只给人留下一口气，从嗓子里嘶嘶喇喇地呼进呼出。你应该有这样的记忆，你知道，饥饿能够让人的呼吸都变成一件痛苦的事，仿佛空气都成了刀子，吸进身体里会锐利地刮割你的肺腑。那天夜里，我东摇西歪地走向那对夫妻的家。我已经饿过了头，脑子里都有了幻觉，觉得黑夜其实是被漫天的鸟翼遮住了太阳，我甚至都听到了无数只翅膀扇动时发出的喧哗。我已经很多次在这样的夜晚饥饿地走向他们家。这家的男主人经常会潜入林区里面，用一杆祖传的火枪猎取到一些食物。尽管林子里的动物也已经十分罕见了，但他凭借着高超的手段，总是能够带回些什么。这么做，当然是有很大风险的，一旦被抓住，他就有可能被送进监狱里。那些从林子里带回来的食物有多么珍贵，我想任何一个从饥饿年代走过的人都会懂得。但是，他们总是慷慨地分食给我，一次次把我从喧哗的幻觉中拉回这个世界。那天夜里，我从改造自己的地方摸出来，一步三晃地去赴他们赐予的盛宴。我在下午劳动时就得到了邀请，那家的大嫂悄悄地告诉我，大哥又进林子了。走到他们家门口时，我感觉自己已经只剩下最后一口力气了。我几乎是扑倒在那扇门上。

门却是虚掩着的，我跟跄着冲进去，眼睛立刻被强烈的白光灼伤了。那光来自一具女人的身体，它在无尽的黑暗里发散出无尽的亮。大嫂赤裸着立在一口木盆里，浑身的水渍在我眼里就成了席卷而来的大水。一切都被放大了，饥饿已经促成了谵妄，它挤出了我身体里所有的本能，并且在这一刻，无限地放大。我不知道自己怎么会做出这样的事情，我绝不想开脱自己，但是我真的只能把一切归咎于饥饿。饥饿的时候，人只是肉体的。当我被一声响亮的撞门声唤回到现实中，我发现自己竟然压在那女人赤裸的身子上。男主人一身寒气地立在我的面前，一杆火枪威武地扛在肩上，枪筒上挂着一只无比丑陋的瘦弱的野鸡。我真的没有感到恐惧，我像一个濒死的人，安静地望向他，望向他，等待着他的枪口指向我的头颅。但是，他没有对我进行任何暴力的惩罚，只是凝视着我，目光里充满了怜悯。这怜悯是何其的深切，子弹一样地穿透了我，推涌着我从虽生犹死的肉体中复活。我从他的目光中逃离出来，虚弱地跑进黑暗的夜，像一个溜进了巨大的子宫里的贼。风吹草动，我的耳朵里、心里，响彻那首《锦瑟》的诗句……我是如此地，空虚。从此，我再也没有触摸过女人的身体，并且，对自己的身体也充满了警惕。

你看，我为什么会跟你讲这些呢？这些我从来没有对第二个人讲过，对林杉都没有，但是现在却对你讲了。我想，任何事情都应该是有因果的吧？你听完我所有的话，也许就不会觉得我啰唆了。

还是回到林杉吧。我已经到了垂暮之年，生命已经残弱暗淡，本来以为已经剥去了生命所有的限制，却在那个午后，被自己身体里奇迹般涌出的欲望吓坏了。如果没有肉体的参与，也许我会毫无顾忌地接纳林杉。但是肉体曾经深刻地戕害过我，使我在壮年时就刻意地去规避它，更何况如今，我不仅已经气血衰竭，而且还被那些大而无当的荣誉覆盖着，我已经丧失了正确地使用自己身体的能力了。我很惭愧，义山一生经历过酣畅淋漓的磨损，甚至敢于和女道士相恋，才有了一唱三叹的抒发，而我，却一辈子没有拥有过真正意义上的女人。林杉的到来，给了我最后的机会，但是我已经耳聋目瞑。爱，不仅需要心灵，而且还需要有体力啊，从某种角度讲，它甚至更关乎肉体。是的，肉体，这才是所有问题的根源，我也许夸大了精神层面的东西，这不是我来见你的目的。我来见你，是要实话实说的。可是你看，我还是不由自主地伪饰了自己。我要对你说的就是肉体，我甚至应该更直白地告诉你，林杉杀人，完全是因为了我——一个老年人的性欲问题！

你在发抖吗？请你一定不要动怒，允许我把事情讲完。我今天来见你，已经做好了被你——一个老人——唾弃的准备。我拒绝了林杉，哦，其实应该是我的身体在排斥她。她是如此锦绣的一个女孩子，像义山的诗句一样，朴素而又华丽，对一个老人来讲，她几乎是不可逼近的。她对我形成的压迫更甚于诱惑。她虽然唤起了我的身体，但我的欲望却无力指向她。这样，后来发生的一切就成了宿命。一天中午，我坐在椅子里睡着了。睡梦中我吟诵着《锦瑟》，这几乎已经成了一个标记，每当我的命运发生重要转变的时候，这首诗就会回响起来。我从梦中跌落，摔倒在地板上。我的左腿摔坏了，喏，就像现在的你一样，被送进医院里。就这样，那个女人出现在我的生活里了。

她叫秦美，是学校派来护理我的，四十多岁的年纪，有着非常健康的身体。她的丈夫我见过，是学校车队的师傅，两年前出车祸，和车上的一位副校长一同死掉了。当时秦美好像是下岗了，一个人抚养正在读大学的儿子，学校照顾她，就让她做了校工。秦美将我护理得相当好，我很快就出院了。但是我的左腿还没有痊愈，于是她就顺其自然地跟到家里去照顾我。我说过，秦美有着非常健康的身体，我所说的"健康"，是指中年女人那种独特的丰硕和饱满。尤其她的臀部，总是让我无端地担忧，我总感觉她裤子的缝合处会突然间被绷裂。我也不知道自己为什么会对她的身体这么留意。也许是腿上的伤让我对肉体的意识空前地苏醒过来，也许这与先前林杉已经对我形成的诱惑有关，总之，我身体里的欲望居然可耻地在自己的老年泛滥起来。我非常羞愧，甚至羡慕起学校里那些退休了的行政干部，他们总是扛着球杆，和煦地聚在一起打门球，非常具有老年人应该具有的庄严感，显得纯稚、清洁。而我，一个被他们称作"张老"的人，却陷入了对于女人屁股的担忧之中。这样迟早是要出事情的。终于在那一天，我身体里那个鬼又一次跳了出来。可是这一次我不再能够得到悲悯的宽恕，那个鬼直接葬送了林杉，并且永远不会再给我获得救赎的机会。

那时候正是盛夏，我用不惯空调，所以天天都需要冲凉。秦美会伺候着我进到浴室里，等我洗完后，再进来架我出去。但是那一天，我刚刚泡在浴盆里，她却进来了。她对我说，先生，我来帮帮你吧，说着就很自然地过来替我撩水。起初我还是很平静的。人老了，就是这样奇怪，有时候对自己的身体非常紧张，有时候却又非常地松弛。但是当她的手抚弄到我的那个部位时，我的脑子一下子就紊乱了。我的耳朵里刹那间布满了那种不祥的鸟翼之声。她在我的那里涂上了浴液，并且用两只手交替着轻揉。那种温热、滑腻的感觉令我战栗。我感觉自己的器官在缓慢地昂起，并且在轻微地跳动。这样的变化当然逃不过秦美的眼睛，她望了我一眼，突然把头埋了下来，将我含在了她的嘴里。我震惊了，看着她的脸在水面上沉沉浮浮，我的喉咙里像打嗝一样地呻吟起来。我的心里在一瞬间涌起了无限的感激。我是如此地，凄凉。我衰老的身体在柔美如林杉这样的女子面前充满了卑下，只有在秦美这样非常具体地拥有着肉身的女人面前，才坦然地昂扬了。是她，令我有生以来第一次品尝到了身体的快乐，品尝到了诗歌以外那一种同样能够使人自由坠落的空虚。我的背有力地弓起来，双手不自主地去一下一下摁着她的头。一股冰凉的液体缓慢地滑出了我的身体。我看到秦美用一块手帕掩在嘴上，把它们吐了出来。

只有这一次，其后不久，秦美就离开了我，继续回到校园里维护花木了。但是，这仅有的一次就足以使我怅惘。我的左腿已经恢复，我常常会走到窗前，出神地向外张望。因为，有时候我可以看到秦美在我房子不远处的那个花坛侍弄花木。看到她，我就会温暖，就会情不自禁地去用手抚摸自己。

如果事情就到此为止，那该多好。但是秋天的时候，秦美走进了我的房间，带着泥土和花木的气味，带着巨大的影子。她十分坦率地告诉我说，先生，我们应当结婚，并且从衣兜里掏出了那块手帕，作为"应当"的注释。我的喜悦一瞬间消散，我看到了混世的阴谋和卑劣的诡计。也许她有足够的理由这么做，她很艰难，收入微薄，还要供养正在读书的儿子，并且转瞬间也会苍老。但是，她不应该把这一切指向一个老人。我的愤怒在当天夜里却平息了。因为我在黑暗中突然看到了一双充满了怜悯的眼睛，它凝视着我，深切地凝视着我，整个世界都为之发出了叹息。我做出了决定，和这个女人结婚。直到现在，我也不认为自己的这个决定是错误的。我最大的错误，是不应该把这个决定告诉林杉。林杉在听完我的决定后，瞳孔一下子就放大了。她一言不发地听我讲了上面我对你讲的这些话，然后泪流满面地离开了。

林杉在清晨就出现在我面前。她穿着一身白色的衣服，手里还捧着一壶酒。她说，老师，今天是重阳日，我来陪你过节。我根本没有料到，她已经约好了秦美在那天夜里见面，说是要跟她谈关于我们的事情。她把地点定在了那栋正在施工的图书馆。秦美真是蠢啊，居然会跟着她爬向七楼。我们整整喝了一天的酒，那壶酒似乎永远也倒不完。我们是平滑地进入了醉意。朦胧之中，我的手被林杉握住，一点一点伸进了她的衣内。我的手被她牵引着，抚摸在她的胸前。当我的指尖触碰在她的乳头上时，我感觉到她的身体微微收缩了一下，我的心，也随之收缩。她引导着我的手在她的身体上游走，让我感受她的潮湿与温热。她芬芳的脸紧紧地贴在我的脸上，在我的耳边呢喃着说，老师，女人的身体都是一样的，身体只是身体……我真的是醉了，唯一记得的是，那天夜里，我吟诵了那首

《锦瑟》：

> 锦瑟无端五十弦，一弦一柱思华年。
>
> 庄生晓梦迷蝴蝶，望帝春心托杜鹃。
>
> 沧海月明珠有泪，蓝田日暖玉生烟。
>
> 此情可待成追忆，只是当时已惘然。

天色微亮的时候，我被一个男人发出的惊骇的叫声惊醒。法学院一位年轻教师晨练的时候，被脚下的什么东西绊倒了，用手一摸，就摸了一手的脑浆。接下去就是响彻校园的警笛声了，凄厉，纷乱，犹如鸟翼扇动时发出的喧哗。一名让人看不出年龄的警察敲开了我的门。他有着一张沉郁的脸，并且脸色青灰，令人过目难忘。他自我介绍说自己姓吴。他在我的对面坐下，开始讯问有关秦美的事情。当然是没有所指的，我听得出，他只是例行公事，因为秦美在刚刚过去的那个夏天是终日与我为伴的。但是一听到他的嘴里说出"秦美"这两个字，我的腋下就渗出汗来。我感到有什么东西正从自己的指缝中滑过去，流失掉，无可挽回地奔涌而去。我们没有交谈几句就被打断了。又一名警察闯进来，兴奋地对姓吴的警察说，已经抓到了，你绝对想不到，居然是一个女博士生，是她自己投案的。我的脑子里一片空白，恍然地看着地板上一些亮晶晶的碎片——它们源于一把打碎的细瓷酒壶。姓吴的警察临走时留下一张名片给我，并且对我说他十分喜欢李商隐的诗，希望有机会能够来请教一些问题。

学校里充满了各种猜测，他们都在分析林杉杀人的动机。但是这里面实在缺乏合理的逻辑，一个如花般美丽的女博士生，纵是有一万种可能，也似乎不足以构成她杀一个普通女校工的理由啊。当然也有联想到我的，因为毕竟这两个人，一个是我的女弟子，一个曾经照料过我。但我"张老"的称谓对他们的想象力构成了阻碍，他们也只能把一切定格在"偶然"这样的层面上。校领导甚至登门来慰问我，怕我在这件事上受到什么刺激，影响了身体的健康。从他们的嘴里我得知，警方也没有获得合理的动机，林杉被抓进去后，就变成了一个哑巴。但是证据非常充分——正在施工的大楼里很容易留下痕迹，林杉的脚印赫然在目。这样一来，林杉似乎已经注定会被定罪了。我想，只有我可以救她了。

我按着那张名片找了姓吴的警察。他如约在一个傍晚走进了我的房子。我平静地对他说了自己和秦美的关系，说她借此要挟我，于是我杀了她。姓吴的警察同样平静地听完了我的话，然后用一双非常严酷的眼睛盯住我。我知道，这一定是他惯用的手法——坚定地与对手凝视，直到对方的眼睛开始躲闪。但是他选错了对象，他一定很少遇到八十岁的罪犯，他不该和一个老人对视。这一点你一定会赞同的，我相信，你也一定不会惧怕看着别人的眼睛。没有一个老人的眼睛会是软弱的，如果他们决定要凝望出去，那目光就会是用整个岁月练就的。我们就这样对视着，足足有十多分钟。这十多分钟里，整个世界在我眼中无限扩张然后无限收缩，最后变得空无一物。他终于认识到了自己的失败，站起来点了一支烟。然后他对我说，我们出去走走吧。我以为他已经决定对我采取行动了，只是出于对一个老人的尊重，才使用了"走走"这样的词。

我们走出了房间，但是他却没有向那辆停在我门前的警车走去，而是向着相反的方向。我不安地问他，怎么，你还是不相信我的话？他面无表情地说，我相信，我们从秦美的口袋里找到了那块手帕。尽管我已经做出了替林杉顶罪的决定，而且那也是我迫切想要达到的，但是听到这个消息，还是禁不住微微战栗起来。我一下子变得心烦意乱，一切都理不出头绪来了，只是茫然地跟在他的后面。直到走到那栋正在施工的大楼前，我才有所醒悟。他一言不发地走进了大楼，自顾沿着楼梯向上走去。我跟在他的背后，一级台阶一级台阶地向上爬。四面通风的大楼里洒满了夕阳的余晖，也灌满了秋天的风。我佝偻着身子，边爬边幻想着那天夜里的情景：两个女人如夜晚绽放的昙花，她们也是这样拾级而上，最后终于抵达了死亡。我的眼泪突然夺眶而出。因为我终于发现自己已经面临了失败。我的身体再一次背叛了我，那个鬼，他不允许我救赎自己——我真的是老了，已经根本无力爬上七层的高楼了。当我已经用尽了所有的气力，甚至把命压上后，我发现我只是攀上了四楼。我的生命只能抵达这样一个高度了，七楼，那个死亡之地，却荒谬地超出了我生命的范围。

姓吴的警察和我一起坐在四楼满是灰尘的楼梯上，他安静地抽着烟，安静地看着我像一条苟延残喘的老狗那样地泣不成声。他的目的达到了，他用这种方法戳穿了我的谎言。我是被他背回去的，他把我放在了床上，临走时居然轻声背诵了两句义山的诗：天意怜幽草，人间重晚晴。

　　哦，你为什么也流泪了？这不是我来见你的目的，我不是想要博得你的原谅。我只是想把这把老骨头抛掉，只有死亡才是针对着身体，就像这夕阳、这空虚的光，针对着我们。

我主持圆通寺

一个下午

它破败

它空无一人

我嗅到了我点燃的清香

我看到了花木上拂过的冷风

——独化

那几天兰城被春天里惯有的沙尘笼罩着，于是我住在了山上。山是兰城空气质量恶劣的罪魁祸首，它们裹挟了这座城市，让风不能有效地驱散各种浑浊的废气，使得废气与尘埃悬浮于天空之上，成为一个巨大的盖子。这一点我在山上看得分外清晰和轻松。清晰是因为高度——那个巨大的盖子如今在我的脚下，将我的兰城笼罩在一种灰心丧气的情调之中。轻松是因为了这种隔岸观火的姿态，那种灰头土脸的生活仿佛与我无关了，尽管它依然是灰的，但是蛰居在山上的我向下俯视，它们就成了情调。所以每到春天，只要我还在兰城，就一定会躲到山上去。这种暂时的躲避与虚拟的逃离，总会令我的情绪进到一种写作的状态中去，充满了臆想的热情。

那一天傍晚，我从山上招待所的房间里再一次俯视兰城，看到一个人从那稀薄的灰色中艰难地露出了脑袋。他沿着山路而来，渐渐清新的空气似乎令他张皇起来，他在停下来喘息的空隙，不时地茫然四顾，并回身对着盖子下的兰城无限遥望。他一步三叹地走着上坡路，渐行渐近，成为一个白暄的胖子。这一点还不足以让我辨认出他——因为现在到处都是白暄的胖子。直到我看清楚他肩头斜挎着的黄色书包时，他才变成了我的朋友独化。毕竟，现在挎这种布书包的人已经寥寥无几了，更多男人肩头晃着的，是那种粗糙拙劣的电脑包。我遥望着独化，嘴角不由得咧上了笑：哒，你这厮何以如此诡异！

我住在山上的日子里，很少有人造访，所以独化的到来在我眼里便有种梦幻般的虚假。他坐在我对面的椅子里，浑身的肉都跟着喘息一同起伏。他问我：你的小说写好了吗？我说还没有，如果兰城的春天总是被沙尘所笼罩，这部我在山上写的书，就永远不会有结尾。他定定地看着我，突然上气不接下气地笑起来：哒，你这厮何以如此诡异！放肆的笑延缓了他恢复气息的过程，他用了很长的时间才成为那个我所熟悉的气定神闲的白暄胖子。平息下来后，他问我，那么，《我主持圆通寺一个下午》写完了吗？

《我主持圆通寺一个下午》是独化一首诗的题目，我曾经对他说过，这个题目更适合成为一篇小说的名字，事后我也尝试过完成它，但这却是困难的。因为它已经属于这个白暄的胖子，而这个白暄的胖子是真实的——一种物理意义上的真实，他妨碍了我虚构的勇气。更加要命的是，圆通寺在独化那里也是真实的——一种地理意义上的真实，它矗立在某个具体的地理位置上，而那个具体的位置我却从未涉足其间。于是，这种双重的真实，成了一篇小说不可逾越的障碍。我没有把这首诗兑现为一篇小说。可是现在，在兰城的山上，某种如同春天一般蠢蠢欲动的情绪却让我对独化郑重其事地说道：写完了，它已经是一篇出色的小说了。

因为少有人光顾，所以我的房间里没有多余的椅子，如今独化占据了它，我就只有斜躺在床上，看他从那只黄书包里翻出的新诗。它们严肃地打印在白纸上，等待着在我的眼睛中成为诗。翻过几页后，一张旧照片从中跌落在我的胸口。照片上是一个面色苍白的少年，他神情仓皇，在一片西边的晚霞中忧伤而又惊骇地注视着镜头，注视着我。我问独化，他是谁？独化漫不经心地说，是我，少年时期的我。我有短时间的怀疑，因为，我不能够把照片上的苍白少年和眼前这个白暄的胖子联系起来，他们是截然不同的，就像山上和山下，有一个巨大的盖子横亘其间。后来我仔细端详，终于确定了独化没有开玩笑。照片上的少年的确是他，那只黄色的帆布书包就是确凿的证据——它同样斜挎在少年的肩头，连上面红色的五角星都同样地斑驳。一瞬间，我在这个少年惊悸的注视下获得了力量，我知道《我主持圆通寺一个下午》已经成了小说。因为，所有苍白少年的神情都是一致的，就像那只黄色的书包一样确凿，它的真实大于物理与地理的真实，它是无可置疑的，哪怕少年们最终都成了白暄的胖子。

晚上我们挤在那张单人床上，独化庞大的身体挤占了太多的空间。但这并不妨碍我的叙述，因为我叙述的故事就是瑟缩的，它不舒展，尽管它是一个与成长有关的故事，而成长却是一个"舒展"的姿态。

又是徐未？看来你是跟我虚构了，你小说里的女人都叫徐未。独化对我叙述的真实性不屑一顾。

不是虚构，它是真的，听完后，你就会明白为什么我的小说中总是以徐未来命名女人。我认真地纠正他，不想让自己的叙述在一种虚假的前提下展开。

那是一九八三年。具体到我的个人阅历，那一年代表着我十五岁，写《蝇王》的戈尔丁被授予诺贝尔文学奖，全国范围内展开了"严厉打击刑事犯罪"的行动——我的父亲是一名警察，所以对此事我记忆深刻。春天里，我在工厂做行政干部的母亲把我托付给了她的同事徐未，只身前往南方——我的父亲在一次长途追捕罪犯的行动中负了伤，躺进了南方的一所医院，母亲需要去照顾并且慰问她的丈夫。

宣传女干事徐未，以一九八三年的审美标准去衡量，属于一个比较怪异的女人，年纪大概已经接近三十岁了，脸和脖子几乎是一样的比例，好在不是由于脸特别地短，而是由于脖子特别地长。脖子长到和脸一样的程度是一件非常可怕的事，那会令人面对徐未时总是处于一种不安的情绪中，你会为她担忧，担忧她的脖子会随时卡的一声折断，而向下跌落的脑袋会一直低垂到腹部。这种幻想出来的情节总是在我的脑子里盘旋，它令我紧张，在面对徐未时总有些忧心忡忡。我想，徐未长脖子造成的这种紧张一定是普遍的，它不仅仅是一个少年的杞人忧天，因为徐未年近三十依然未婚，就是一个有力的证据。

母亲把我托付给她。我叫她徐阿姨，她却不让我这么称呼她，她说，叫我徐未好了，就叫我徐未好了。我尝试着这么叫了一声，突然就被巨大的羞愧压倒了。没有任何道理，当一个成年女人的名字从我的嘴里轻吐而出时，随之而来的是一种排山倒海般的眩晕感，有种羞怯混在快慰中，居然成了愤怒，令我有种无地自容的滋味。所以我依然叫她徐阿姨。但是，我会在心里面不时地念叨一声"徐未"，时而是低回的，时而是响亮的。这种反复默念一个女人名字的状况，在一个少年的心中产生出微妙的反应，"徐未"这两个字成了一个咒语，被反复强调的过程渐渐蕴涵出一种古怪的情绪，它令我柔情似水又惴惴不安。于是，我必然地对这个名字的主人产生出好感——我这么说，你可以理解吗？或者，我表达得不够准确？

独化不置可否地哼一声，他说，接着说，接着说。

我之所以怀疑我表达的准确性，是因为这个故事的确是难以言传的，因为，一个少年的心，本身就是不适于用语言来描述的。况且，那个时候，一股鬼狐之气正像沙尘一样弥漫在兰城的上空。不久前上映过一部叫作《画皮》的香港电影，像我这么大的孩子都被电影中渲染出的情调所俘虏，那是恐怖的，却又是迷人的，充盈着疼痛的魅力。基于这种氛围，所以你应当谅解我叙述中的暧昧。那个时候，我的性情是有些恍恍惚惚的。我在恍惚的对于徐未的好感中，多少揉进了对于鬼狐的向往吧？于是，我被她如瀑的长发所吸引。因为要掩饰长脖子，徐未留着非常长的头发，从头顶铺洒下来，直达腰际，这样令她有了一个风姿卓著的背面。出于好感，我总是愿意绕到她的身后，从而把她美好的一面展现在自己眼前。美的力量是无限的，它直接作用在了我的梦里。在梦里，她的长发风一样轻曼地覆盖住我，我伸出手，它就像水一样从我张开的指缝流淌出去，它源源不断地离我而去，逐渐将我赤裸裸地暴露在阳光里。我在阳光中醒来，发现自己的裤衩是湿的。这对于我已经不是第一次了，我已经多少明白是怎么一回事了，可是，前面的几次都是在无梦的状态下发生的，我的裤衩是无端端地湿掉的。如今，这种事情和一个女人的长发联系在了一起。

你小子是手淫了吧——独化斜着脑袋问我。

没有，那是后来的事情，这样做了几次梦后，我才不由自主那么去做的。那样做的后果是，我明显感到了自己的虚弱，上课时总是睡觉，白天睡够了，夜晚就总是不能够凭借睡意来控制自己的行为，只好重复令自己虚弱的勾当。我的班主任终于被我在课堂上睡觉这种事情给激怒了，他命令我把家长叫到学校去。我没有办法，只好请徐未去代替我的家长。其实这不应该是徐未的职责，母亲把我托付给她，原则上只是请她照顾我的一日三餐，她住在我们家的隔壁，我只是在吃饭的时间去她的屋里而已。但是现在，因为她的长发，她需要去扮演我父母的角色。徐未出现在我们学校里，她是什么时候来的我不知道，我只是在她离开时看到了她的背影。我从教室的窗子看出去，一眼就看到了她如瀑的长发随风轻舞，我感觉到一股凄凉的滋味噎在了喉头。这是一只长颈鹿，我的同桌赵八斤趴在我耳边嘀咕，他说，我看到她了，正面看吓死人！我有一瞬间的愤怒，但是立刻被巨大的悲伤浇灭了，泪水一下子涌上来，令我不得不把头埋进胳膊里，趴在桌子上用睡觉的姿态来掩饰自己。

徐未的到来似乎起到了作用，老师不再追究我的睡眠，也许徐未对他搬出了我因公负伤的父亲吧。但是徐未却追究起我来。我们坐在她家的饭桌旁，她低着头看我，问我：怎么了，是不是身体不舒服，病了吗？我捧着饭碗，不能去迎视她。她低下的头幅度并不大，但是因为了长脖子，却一下子就和我近在咫尺了。她的长发垂在我的眼前，有着隐约的气味，我不能够确定那是芬芳的，但是它一定是迷人的。我感到自己的呼吸局促起来，紊乱的气息令眼前的长发有些许飘拂，我有着不可遏制的冲动，想要伸出手，插进它们，让它们从我的指缝奔涌而过。我想我的样子一定令徐未落实了她的判断，我是虚弱的，又是亢奋的，像一个喝醉酒的人一样目光迷离。她紧张地说：怎么不舒服你告诉我啊，不要哭好吧？我这才知道我确确实实在哭泣。徐未被我的眼泪搞乱了手脚，她从饭桌前离开，开始给我找药。这样我就可以张望她了，她的背影一如既往地吸引着我的目光。我看到她在翻床头的抽屉，如瀑的长发令我心旌摇荡。然后，那盒东西出现了。它跌落在地上，徐未在找药的过程中不慎将它翻落了出来。一九八三年的避孕套包装远没有现在这样多姿多彩，它们都是一个模样的。所以，我立刻辨认出跌落在地的是一盒什么性质的东西。它具体的使用方法我不得而知，但是它隐藏和含纳的一切秘密，在一个少年的意识中却惊人地清晰。我见过它们，我的父母也因为不慎将它暴露过，我在窨井旁肮脏的淤水中发现过它们被使用后疲软的尸体，并且，我的同桌赵八斤曾经将它吹成气球在学校里招摇，女生们在一旁躲躲闪闪地哧哧发笑——连她们都明白这是一个什么样的玩意儿。

这是一个糟糕的细节，它在小说中已经被用烂了。独化批评道。

我说，是的，但是不要蔑视一切被用烂了的东西，它们之所以被反复地使用，说明它们最接近真实。所以，它们的意义与新旧无关，就像我现在对你讲的这个故事，我是怎样成长的并不重要，重要的是我一定是以这种方式成长的。

徐未迅速地把它捡了回去。当她回过身来时，我的目光也迅速回到了饭碗里。这一次我收回自己的目光，不是因为她比例惊人的正面，而是出于一种空前的痛苦。是的，我只能把"痛苦"这个大而无当的词用在这里，痛苦令一个少年的目光开始躲避。所以，当我走出徐未家时，我居然不自觉地采取了这样的一个姿势：我的双手像个哲学家似的抱在了胸前，低头沉思，脚步缓慢地在我们居住的院子里踱步。我在沉思，一个像徐未这样的未婚女人，为何会有那种可以吹成气球的东西？要知道，那是一九八三年啊，尽管戈尔丁已经因为《蝇王》被授予了诺贝尔奖，但是在我们的身边，这样的事情依然是严峻的，严峻到这样一个程度：可以让一个少年陷入懵懂的煎熬。

我在煎熬中发现，原来我居住的地方是如此破败。几排灰色的平房即使是在春天的夕阳下，也依旧呈现出冬天的阴郁。一段日子以来萦绕在现实与虚幻边际之地的鬼狐之气，在这个黄昏蹦跳而出，我甚至看到一只优雅的狐狸越过我们破败的屋顶，尾巴拖着长长的火焰，向着玫瑰色的夕阳逃逸而去。

夜里我彻底失眠了。狐狸逃逸的姿态占领了我，我甚至没有去幻想徐未的长发，因此也没有去抚摸自己。她不慎跌落在地的那盒东西成功地化身为一只狐狸，同时成功地转移了我的注意力，让我觉得它就贴伏在我的窗下，以既不善意也无恶意的态势威胁或妨碍着我。我没有感到多少恐惧。这也许是那些药片帮了忙，它们是徐未塞进我口袋里的，我躺下之前胡乱地吃下去了一些。它们令我有些昏沉，同时也有效地抵抗住了我对夜晚的恐惧。我平躺在被窝里。我的家空间非常地小，父母的一张大床如今被我占据着，我的那张小床在月光下居然有一种空旷的辽阔感。我和我的狐狸在夜晚安静地对峙着。凌晨三四点钟的时候，它们开始发出声音。起初那是没有规律的，逐渐成为有节奏的呻吟，那种叹息般的格调甚至有种高贵的气质，是沉痛的，也是轻盈的。

噢？独化身子紧绷着坐起来，脸上的表情和赵八斤的如出一辙。

——惊愕、兴奋，当我第二天对赵八斤讲到狐狸时，他就是这样的一副表情。赵八斤是我少年时期最富有激情的一个伙伴，是一个早熟却本质上颠顶的复杂家伙。短暂的惊愕与兴奋之后，狐狸给予他的刺激依旧高昂。赵八斤对我宣布：今夜我们去抓这只狐狸！我在一瞬间警觉起来，没有理由，只是灵敏地嗅出了危险的气息。我不知道这气息的根源是什么，但是它让我在那一瞬间不寒而栗。赵八斤看出了我的惊慌，脸上满是不屑，他拿腔拿调地问我：怎么，怕啦？然后又换一种腔调，颤巍巍拖长了声音重复一遍：怎么——怕啦——？这是那个时候流行的腔调，范本源自那时看的恐怖电影《画皮》。赵八斤使用电影腔调起到了效果，我的自尊不允许自己拒绝了。

黄昏的时候，我们来到了我家的窗后。几棵老槐树枝节粗壮，夕阳破碎的光从它叶子的缝隙中洒落，像一块块斑驳的血迹。一些稆生的草木在春天的风中呈现出被神秘践踏过的残姿，它们不规则地倒伏着。我从未想到过，原来自己家的背面竟是这样一块荒芜之地，更不会想到，我们将在这里布下捕捉狐狸的罗网。赵八斤开始行动。他用自己的书包背了整整一包的石灰，卮测的石灰被他均匀地铺撒在我家的窗下，并且一路逶迤，直到铺满了整排平房的后窗。这样就可以捉到狐狸吗？我当然不会去问赵八斤。

赵八斤留在我家，和我一同睡在我父母的大床上。他真的是又脏又臭，我在黑暗中不由得要屏住呼吸。有一种力量将我们变成了另外的人，我们突然都变得安静，一贯滔滔不绝的赵八斤都闭住了嘴，仿佛在这个夜晚，说话是一件有失体面的事情，甚至比又脏又臭的身体更加令人不齿。我们沉默着，在黑暗中庄严地一动不动，像两个垂危的老头。等待是如此漫长，以至于我们激动的心都渐渐归于宁静，夜晚里所有的声音由此而变得锐利。我们依次听到了小孩的啼哭声、野猫悲惨的叫春声、春天兴致勃勃的风声，乃至流星陨落时疾驰的呼啸声。终于，那个声音出现了，没有规律的，有节奏的，沉痛的，轻盈的，是沉痛的，也是轻盈的。我发觉身边的赵八斤战栗起来，我们不知何时握在一起的手不由都加大了力气，紧紧地攥住，手心全是冰凉的汗。但是他的身体却是滚烫的，并且有一块坚硬地抵在我的大腿外侧。

身边的独化悠长地出了一口气。我们都笑了，原来，我们的手也不知在何时握在了一起。我觉得，这是有些滑稽。想想吧，两个中年男人，在床上将手握在了一起。我们几乎是同时抽回了自己的手，并且不约而同地用这只解放了的手去摸烟。我们被烟雾笼罩住，困倦也一缕缕缭绕着覆盖上来。我在困倦的烟雾中继续着我的叙述，忧伤毫不费力地成为时隔多年的两个春天共同的基调。

拂晓，我和赵八斤瑟缩着摸到了窗后的世界。那层石灰在稀薄的晨曦中像一层凄惨的白霜，几个巨大的脚印零乱地留在徐未的窗后，它们印在白霜般无限纯洁的石灰之上，像一个个邪恶的伤口，陡然进入我的眼睛，令世界都变得满目疮痍。这是狐狸留下的足迹吗？我当然不会去问赵八斤。赵八斤突然一抖一抖地笑起来，笑声在寂寥的拂晓居然是克制的。这个家伙居然会笑得这么克制，这令我惊讶。

　　狐狸依然在夜深人静的时候妖娆而来，我被纷乱与忧伤弄得很疲倦，在它们沉痛而轻盈的歌唱中，我瞪大眼睛凝视着黑暗，能做的事情只有在被窝里抓住自己。我想象抓住我的，是一只狐狸的手，但是每当最后，这只手都会变成徐未的手，我就控制不住自己了。你怎么啦？有一天徐未问我，她说，你怎么总是泪汪汪的，你妈妈回来，我怎么向她交代呢？我无精打采地耷拉着脑袋，目光却落在了徐未的手上，于是立刻就窒息了。我绝望地发现，原来徐未的手也和她的长发一样毫无瑕疵，可以独立地构成我黑夜中的烦恼，它不需要长在胳膊上，它只需要凭空而来，蛇游进我温暖的被窝里。

幸亏我的父母在这个时候回来了，他们终结了狐狸的夜晚，狐狸随着他们的到来而销声匿迹。父亲有股子载誉归来的劲头，罪犯捅进他屁股上的那一刀具有神奇的力量，把我的父亲捅得红光满面了。母亲似乎也沾了这一刀的光，她也变得喜气洋洋，身上穿着从南方买来的一件黑毛衣，更加像一名货真价实的行政干部了。良好的状态使他们忽视了我的异常，母亲只是在进门的时候问了我一句，你怎么了，感冒了吗？要记得吃药。从这天夜里，我就再也听不到那种叹息般的格调高贵的呻吟了。我的夜晚失去了纯粹，重新被一些粗糙的声音所充斥，有时候是父亲雷鸣般的呼噜，有时候是母亲的哼哼声、床板喑哑的吱扭声、他们起夜时响亮的哗啦声，这些粗糙的声音令我对黑夜毫无兴趣，重新贪恋上睡眠。

我应该带瓶酒上来，独化用一只手使劲搓着他的右脸，问我，现在可以买到酒吗？我说，算了，太晚了，还是不要去麻烦人家。独化说，早知道你要跟我讲《聊斋》，我会带一瓶酒上来的。我严肃地说，不，我不是跟你讲《聊斋》，我是在跟你讲《我主持圆通寺一个下午》。独化啪啪拍了两下自己的右脸，问我，那么，圆通寺在哪里？

你马上就可以听到了，我会去圆通寺主持一个下午。

有一天我从徐未的门前经过，听到里面传出她的哭声。我被那种哭泣的声音捕捉住了。其实那没什么特别的，只是一个女人的哭声而已，但是飘进我的耳朵里，就成了一种象征性的东西。我立刻感到了伤心，有种感同身受的惆怅。因为它来自徐未，来自一个长发和双手对我构成安慰的女人。我站在她的门前听了很久，有生以来第一次因为另外一个人的痛苦而痛苦，那种痛苦甚至有着悲悯的成分，我的眼睛里因此也产生了泪水。

我满含热泪地向学校走去，一边走，一边想，她为什么哭，我要怎么做才可以赶走她的悲伤。走到校门口时，我看到了赵八斤，他叼着支烟坐在校门口的槐树下叫我。这家伙如今倒了很大的霉。自从那天夜里和我捉过狐狸之后，赵八斤就迅速地苍老了，先是嘴唇上长出一圈黑乎乎的毛，接着背就驼了，上课时蒙头大睡，下课时就像条疯狗似的追得女生在操场上尖叫着狂奔。于是，用不了几天，他就被开除掉了——他又没有一个屁股上挨了刀的父亲。赵八斤问我身上有没有钱，他说他两天没吃饭了，虽然他的父亲屁股上没有挨刀，但毕竟也是个父亲，这个父亲两天前把他从家里也开除掉了。我摸出身上的一块钱给他，对他说，你被狐狸给魇住了。他有些感激地看着我，说，妈的，可能是，看来老子得去圆通寺烧炷香啦。

当"圆通寺"三个字从我嘴里说出来的时候，独化没有表现出丝毫的惊讶。他斜躺在我身边，像寺庙里的睡佛一样，一只手侧扶着白暄的胖脸，神态安详。

但是这三个字从赵八斤的嘴里说出来的时候，却启发了我。我是知道圆通寺的，它建在郊区的山坡上，以前倒没什么名气，只是在这段鬼狐之气弥漫的日子才被我们口口相传。因为那是一座弃寺，具备了与鬼狐之气相协调的破败的肃穆。在我们心里，堂皇的寺庙是与鬼狐的气质背道而驰的，因此在那种地方，你也驱散不了与鬼狐有关的不幸。我决定去一趟圆通寺。我庄严地想，我要去为徐未祈祷。

于是，我在一个下午向着圆通寺出发了。我走在通往郊区的路上时，脑子里一直有一首缠绵悱恻的歌在回旋：你是我的情，你是我的爱，快来吧，你快来，趁黑夜还未散……是的，是《丽达之歌》，那个时候最流行的印度电影里的插曲，它回旋在我脑子里，一些诸如爱情、忧伤之类的感染着我，让这个走在路上的少年充满了形式感，越来越成为他自己想象中的那副姿态：多情、善良，并且可以借助圆通寺获得那种无边的力量。

我走出了城，走进了春天里一片嫩黄色的田畴间，但是心情却逐步地涣散了。因为这条通往圆通寺的路实在是太漫长了，它超出了我的预期，我感觉自己的两只脚已经走疼了。我手里的一支香在我甩甩搭搭的行进中折断了，它被我胳膊摇摆时扇动的空气折成两截。出门时我一共带了三支这样的卫生香，准备在圆通寺点燃它们，但是，现在断了一支，我觉得这是一个不祥之兆，心情一下子坏掉了。

这种坏心情在看到圆通寺的一瞬间达到了顶点。它实在是不起眼，孤零零地矗立在山坡上，和我一路上看到的田间草棚几乎没有本质上的区别。我本来以为圆通寺应该是这座城市的背面，就像长发是徐未的背面一样，它应该是令人耳目一新的，可以成为另外一种可能，但现在，我觉得它依然是一个"正面"。我这种心情的嬗变也许是没有道理的，也许只是脚疼造成的，总之在我进入圆通寺时，我是沮丧的。

它的确是破败的，里面空无一人，却长满了葳蕤的花木，无端地呈现出一股灰暗的妖媚之气。我沿着青石路面向大殿走去的过程中，一只手无聊地沿着身旁那些大朵开放的花儿一路抚摸过去，我从花朵的头颅上抚过，好像抚过了它们的长发，并感到它们是在我的抚摸之下才竞相绽放的。这样的臆想安慰了我灰心丧气的情绪，我在一瞬间相信，在这些不知名的花朵之下，必定会盘踞着那些狐狸，它们蜷曲在花木的叶片之下，被偶尔点燃的香火喂养得庄严纯洁。可是一旦进入大殿，我的心情又瞬间败坏了。那尊残缺不全的佛像令我恐惧，我几乎不敢去正视它，只有潦草地点燃自己手中同样残缺的卫生香，匆匆插入香炉中。然后，我迅速跑了出来。我更愿意站在春天里，站在那些我可以操控的花木旁。

这个时候，我的心有些惊魂未定的恍惚，以至于当那种声音若隐若现地传来时，我以为是自己的幻觉，它们发自一丛蓬勃的竹林之中——没有规律的，有节奏的，沉痛的，轻盈的，是沉痛的，也是轻盈的。我的脸上一下子挂满了眼泪，一个坚定不移的判断令我浑身发抖，那就是：

我不信这个世界上会有另外一只狐狸会发出同样的声音。

有一股力量挟持了我，在它的控制之下我重新回到了大殿。我嗅到了我点燃的清香。我点燃的香火同样喂养了我，令我庄严并且纯洁。我席地而坐，面向着殿外春天里的花木与竹林，即使屁股下面冰凉的地气也驱散不了我心中那份笃定的沉着，我宛如一位高僧，主持着圆通寺的这个下午。

他们终于从竹林中出来了。那一头如瀑的长发旁边，是一个地瓜般浑圆的男人。我终于捉到他了，这个令世界都变得满目疮痍的家伙，他的足迹曾经印在白霜般无限纯洁的石灰之上，像一个个邪恶的伤口。他们没有发现我，因为他们都没有回头看一眼庄严的大殿。就在他们即将迈出寺门的时刻，我平静地喊道：徐未！这个名字曾经在我心里时而低回时而响亮地念叨，一旦出口便令我无地自容，但现在，我毫无障碍地呼喊了出来。他们惊恐地回过了头，两张受到惊吓的脸不约而同地都大张着嘴巴。我认识他，似乎是厂里哪个车间的主任。这个家伙目瞪口呆地看了我一眼后，就像一只真正的狐狸那样迅速地逃逸了。我确信在这个时候我是强大的，因为一个成年男人在我面前选择了逃窜，但是，当徐未向我走来时，我却周身战栗，几乎坐不稳当。我咬住牙，阻止住战栗。我知道只要把这一刻坚持住了，我就是一个坚强的少年了。

你怎么在这里？徐未站在我面前。她的长脖子此刻给予我的不是不安，我是以一种很对等的态度在凝视着她。我发现，原来徐未的正面，并不是那样地令人紧张。后来我上了美术学院，看到意大利画家莫迪里阿尼笔下的女人，都长着徐未这样的长脖子，但是她们依然动人，有种无辜的脆弱之美。是的，无辜的脆弱之美。我认为徐未最大的不幸，就是在错误的年代和错误的地点，长出了错误的长脖子，如果不是在兰城而是在欧洲，不是在一九八三年而是在一九九九年，徐未的长脖子之美就会被认可，她就不会在三十岁的时候还嫁不出去，只能和一只浑圆的地瓜偷情。这么看，命运真的是脆弱的，就像美，它们都是脆弱的。

面对着脆弱的徐未，我感觉到了自己的残忍。现在我掌握了她的秘密，就仿佛掌握了她的命运。所以，接下来的事情我宁愿承认我是邪恶的——即使也许在徐未的眼里，我也是脆弱的和可以被痛惜的——少年的我居然已经知道手握筹码就要去交换，在圆通寺的这个下午，我用一个有关狐狸的秘密，去换取成长。但是，当我将徐未抱住时，当她的长发像水一样披散在我头顶时，我的眼泪像泉水一样地涌了出来。

后来呢？独化阴郁地看着我。

后来徐未被抓走了。根源在赵八斤那儿，这小子在女厕所后面开了个洞，用镜子折射女人的屁股，被抓到后他供出了徐未。原来那次我们抓完狐狸后，赵八斤就经常在夜里爬上我们屋后的老槐树窥视徐未的偷情。在一个夜里，徐未的房门被粗暴地踢开，几支强效电筒的光柱把赤裸的徐未和地瓜锁在了床上。那一晚的动静很大，我们都跑出来看，我看到徐未被警察用皮带反捆住双手塞进了吉普车，她的长发在黑夜里蓬乱着，警察根本无视她长脖子的脆弱，用手在后面卡住往车里塞。徐未在车里面看到了我，她一定认为这与我有关，我就是那个告密者，是我可耻地出卖了她。她的目光令我绝望，她在散乱的头发后面悲悯地看着我。尽管我不是那个告密者，但是我觉得我就是，内心被巨大的委屈和负罪感吞没，我渴望哭嚎着冲向她，对她说：不是我！不是我！但是我没有勇气从观望的人群中脱颖而出，只有大张着嘴，让绝望的眼泪流进去。

徐未被劳动教养了三年。那是一九八三年，全国范围内正在展开"严厉打击刑事犯罪"的行动，有人因为抢了一顶军帽就被枪毙掉了，狐狸们在那个时期，是被定义为有罪的。

九十年代末的时候，我在街上见到过一次徐未，此时长脖子已经成了时尚。她显然是认不出我了，我尾随了她几条街，最后目送着她消失在人群中。

第二天，我和独化坐在春天的山顶上，阳光普照着我们，在明亮的光线下，我才发现，原来自己也和他差不了多少，都是白暄的中年胖子了。我们喝着茶，说一些与诗歌小说无关的事情。

那次以后，你再没有去过圆通寺吗？独化不怀好意地问我，他可能觉得在光天化日之下，我的虚构将是无效的了。

去过，有一次我从寺里出来，正好有一个人迎面而来，他是一个面色苍白的少年，神情仓皇，在一片西边的晚霞中忧伤而又惊骇地注视着我，他肩头斜挎的黄书包上印着一枚斑驳的红五角星。

我玩味地看着眼前这个白暄的胖子——应该说，我们彼此玩味地对视着。我们的表情在春天的阳光下缓慢地凝固。如果说，我们在少年时期，在圆通寺看到了自己的中年，那么，现在，我们从彼此白暄的脸上，看到了自己的老年。

有

时

一

事实上，王努是个春风得意的人。但是那一天出门的时候，他觉得自己整个人的状态都有些失落。那一天王努很早就爬起来冲澡，接着电话响起来，老同学少君在电话里跟他确定了晚上的聚会。宾馆的卫生间里接着分机，挂在镜子的旁边，王努放下电话时，就看到了镜子中光着屁股的自己，水淋淋的，像只落汤鸡——怎么会这样比喻呢？王努怔了一下，定神打量镜子中的身体，它孤独地站在花洒下，倒是依然匀称和标准。孤独？——这个比喻也莫名其妙啊，王努心里嘀咕着，心情就这样消极起来，以至于后来他厌恶起自己的手包。以前王努是喜欢背那种电脑包的，但是随着仕途的升迁，妻子反对他再把包背在肩上，要求他的包也像职务的升迁一样，发生位置上的变化。于是，王努换了一只昂贵的手包，移在腋下夹着。那一天准备出门时，王努突然觉得这种包和这种夹的姿势都很恶心。王努决定不夹着包出门了，把手机和香烟统统塞进裤兜。考虑了一下，王努决定把钱夹留在房间里，一来它实在不好再塞进口袋，二来也觉得带着它没什么必要。这次来西安，王努是考察一家地产公司，结果关系到价值千万的合作，对方自然安排得非常周到，随身携带钱夹显然是多余的。

王努在七点钟准时下楼，他穿了件大红色的T恤，裤兜两侧鼓鼓囊囊的。李经理已经站在宾馆的大厅里等着王努了，这几天，王努的各种活动都是由她陪同着。最后一天，王努要求去西线的旅游景点转一圈。虽然在西安读了四年大学，但西面那些大名鼎鼎的地方，王努却一直没有参观过。接待方当然要满足王努的这个要求，派出一辆越野车，又派出一个李经理。这么安排，当然算得上细致了，因为李经理从什么角度去看，都算得上是个风姿绰约的漂亮女人。几天下来，王努已经对这个女人产生出一些欲望，这很正常，但是王努也很正常地把握住了自己，诸如此类的诱惑，对于王努已经不是什么新鲜的事情，王努自有分寸。

那一天王努消极的心情并没有因为李经理而好转，它坏得有些不明不白，王努也搞不清楚有什么地方不对头，只好把它归咎于天气了。天阴着，七月的西安在清晨已经燠热不堪。阴天里的热，不磊落，是阴谋般的沉闷和叵测。王努上车前抬头看了看天空，于是这一天就阴谋般势不可当地开始了。越野车很快就驶出了城区，饱满的轮胎滑过平整的公路，轻微的震颤传递在王努身上，让王努产生出是自己在滑行的错觉。

这样，杜颖打来的第一个电话，就符合了某种规律，成为一个坡度的起点，令王努的这一天流畅地滑行下去。那时王努已经登上了埋葬着女皇帝武则天的乾陵。天空依然阴霾，稀稀拉拉的三五个游客，围在那块含义万千的无字碑下，举头仰望，在阴沉的空气中，就有了些肃穆。这种气氛感染了王努，令他也有些怅然若失，以至于手机响了半天才被他从兜里摸出来。杜颖说，我以为你不方便听电话呢。王努想不出对方是谁，努力从记忆中搜索这个陌生的声音。对方猜出了他的疑惑，接着说，想不到吧，是我，杜颖。王努怔住，客气地说，杜颖啊，怎么是你呢？杜颖说，很意外吧？来西安也不打声招呼，我们见一面吧。王努犹豫了一下，说，下次吧，我今天晚上就走。这不，现在在乾陵呢，整个西线转下来，怕是就没什么时间了。杜颖哦了一声，试探着说，要不……你先转，我们再联系？然后就挂断了。王努收起手机，目光眺望出去，远处那两座挺拔的山峰，的确浑圆如乳，恰似旅游宣传册上的描述——它们是女皇帝仰卧大地的绝妙象征。杜颖的出现，令这样的地貌在王努的眼里遽然惟妙惟肖了，起初，王努怎么看，那两座山峰，也只是山峰。

十多年后的今天，杜颖留给王努的记忆，最深刻的，也只是一对浑圆的乳房了。当年的煎熬与折磨，在时间面前，其实不如一对乳房那样持之以恒。要知道，当初杜颖选择分离时，王努痛苦地以为，自己这一辈子都会被这件伤心事笼罩住，他不会忘记杜颖，更不会忘记杜颖带给他的伤害。分离发生在他们大学毕业的时候，王努回了原籍，杜颖留在了西安，她投进了另一个男人的怀抱，速度快到令王努猝不及防。事情是怎么收场的，王努已经记不清了。那一天王努站在乾陵上，只记得自己当初几乎崩溃掉，离开西安时，宛如一只丧家犬。记忆就这样在乾陵之上与现实形成了对比，如今的王努，已经是要害部门的正处级领导，三十多岁，坐上这样的位置，怎么说，也算得上是个精英人物了。

　　下面的旅途中，王努开始了从一对乳房出发的回忆：那个时候，王努和杜颖之间没有实质性的身体接触，王努只是有限地抚摸过杜颖浑圆的乳房。但那种绵软的有节制的安慰，那种浅尝辄止的欲罢不能，囊括了爱情的所有滋味……

　　下一站是贵妃杨玉环香消玉殒的马嵬坡。王努刚刚从越野车上下来，杜颖的电话就打了过来。她的声音有些急促，说，我还是觉得需要见你一面。王努问，怎么，有要紧的事情吗？杜颖停顿了一下，说，是的，我有重要的东西要送给你。王努觉得自己的嗓子有些发紧，于是，同样停顿了一下，问，什么东西呢？话一出口，他就有些后悔，觉得自己不该这么问，杜颖似乎是在暗示，如果把一个暗示追究成堂而皇之的东西，显然是不恰当的。杜颖的声音一瞬间变得美妙，有一种和煦的温婉，她说，见面你就会知道的。在王努沉吟的时候，她又补充道，这件重要的东西，我必须亲自送给你。王努脑子转了转，用迟疑的口气答应，好吧，我回到西安大概也下午五点钟了，夜里十一点钟的飞机，中间还有个聚会，我们大概只有两个小时的时间。罗列出这一组时间，王努心里其实已经倾向于去见见杜颖了，他不自觉地做出了衡量和判断，结论是，两个小时，应该够杜颖"亲自送出"那件"重要的东西"了。杜颖的喜悦从声音里都感觉得到，她欣慰地说，那我们说定了，五点钟左右我联系你。王努还想再说些什么，杜颖已经挂了电话。

天空这时候滴下大颗的雨点，零零落落地砸下来，每一颗都很饱满。由于一个馈赠已经在等待着王努，所以对于马嵬坡的游览，就变得有些敷衍了事。贵妃杨玉环的汉白玉雕像，被雨点打得斑斑驳驳，王努吃惊地发现，塑像的体形和神态，很像记忆中的杜颖。这个发现在王努滑行般的一天中，起到了推波助澜的作用。以丰腴为美的杨玉环，被汉白玉这种温润的材质具象地塑造出来，呈现出一种庸俗的不健康的肉欲，王努心中已经形象模糊了的杜颖，于是就被落实了。十几年前的杜颖是什么样子已经不重要，通过这尊塑像，王努已经可以将那个即将来临的馈赠具体起来。离开马嵬坡的时候，王努是一种受到蛊惑后的复杂情绪。

为了赶时间，他们没有停下来进餐。李经理事先准备了搭配精致的饭菜，装在崭新的保温盒里。王努坐在车上一边吃，一边看着窗外逐渐密集起来的雨珠。后来他就睡着了，睡得自己都莫名其妙。王努很少会在不知不觉中昏睡过去，他懂得需要对自己的身体有所控制，否则他不可能谋取到如今的地位。

醒来时，王努发现自己的头斜倚在李经理的胸前。王努感觉到了这个女人饱满的乳房，甚至可以感觉到她乳罩边缘的轮廓，它们共同依托在王努的眉骨一侧，柔软中夹杂着一丝细微的坚硬。这种暧昧的触觉令王努贪恋，但是王努命令自己清醒。王努知道，李经理也是接待方对自己的一个馈赠，只是接受这个馈赠的代价过于昂贵，它的背面，是价值千万的交易。对于这种事情，王努当然知道怎么应付，取舍之间，他不会乱了方向。异乎寻常的是，那一天王努无端地放任自己在恍惚与清醒之间多出了一个停顿，他没有马上坐起来，甚至将头有意识地向那一侧埋了过去，对那只乳房形成了挤压。路面已经不是那么平整了，偶尔会有一个起伏，使车身小小地弹跳一下，作用在王努的头上，就是一个韧性十足的震颤。王努沉溺在一份幽暗的快感中，生理上都发生了变化，坚硬起来。过了片刻，王努才把身子斜向了另一边，仿佛是睡梦中一个自然的翻身。这个插曲险些打破了王努这一天的滑行状态，它令王努的轨迹有了瞬间的修正，如果王努因此回到了那个春风得意的精英王努，那么，接下来的一切就都将恢复到正常的一天。

到达法门寺时，大雨突然停了，天空中划出一条巨大的彩虹，四周氤氲的水汽一瞬间辉映出万千迷离的亮色。开车的司机说，王处长果然是贵人，一到法门寺，佛光就显灵了。这当然是一句奉承话，但是王努突然对这种低级的奉承反感起来。从车上下来，王努用手机回拨了杜颖打来的那个号码。也许是信号的原因，手机里杜颖的声音有种空旷的回声。她说，别告诉我你不能来了啊。王努有些语塞，其实是他突然间迫切了，怕杜颖会改变主意。王努说，我们把见面的地方定一下吧。杜颖的声音宛如来自天国，就在我们学校门口吧，她说，以前的那家眼镜店，现在改成了西餐厅，你找得到的。王努说，好的，六点钟，我们不见不散。杜颖笑着重复，不见不散。他们通话的工夫，李经理已经买了门票回来，王努敏感地注意到，递门票过来时，这个女人的目光在自己下身有一个不易觉察的停顿。王努这才意识到，自己那里依然坚硬着，好在两侧的裤兜都鼓鼓囊囊的，多少缓解了那里的突出。当然，在那一刻，王努开始庆幸自己出门时放弃了那只手包。

虽然下了场大雨，但是燠热依然没有得到缓解。王努很快就黏糊糊地出了一身闷汗，而且，坚硬起来的地方丝毫没有疲软的迹象，这都令王努的行动变得迟缓，令他的步子看起来有些笨拙。王努就是这样笨拙地走进了法门寺这庄严之地。

二

眼前的杜颖令王努吃了一惊。她端坐在那里，穿一件白色的亚麻衬衫，头发光洁地绾在脑后，使得整张脸的轮廓完整地呈现出那种和谐的鹅蛋状，而且，这张和谐的鹅蛋状的脸没有化妆，素净得仿佛涂上了一层瓷质的光。这些都与王努的记忆无关，杜颖美得令他猝不及防。有一瞬间，王努甚至不能够确定，眼前这个女人就是自己大学时代的那位恋人，她们之间唯一一致的，似乎只有饱满的乳房了。王努的目光不由得就要落在杜颖的胸前，同时感到有些沮丧，觉得自己没有回宾馆冲洗一下就出现在杜颖面前，是一个重大的失误。

王努的确很急迫，回程中他突然意识到，自己起码已经有超过三个月的时间没有性生活了。怎么会这样呢？这令王努自己都感到震惊，是什么禁锢了自己的身体？王努闭着眼睛罗列出了以下的原因：首先是忙碌，其次是谨慎，还有——对于妻子的厌倦？……王努蓦地觉悟到，其实什么准确的原因都没有，自己何止是三个月没有性生活呢，甚至是从把包夹在腋下的那一天起，他就没有严格意义上的性生活了。其间越野车有一个比较明显的刹车，王努和李经理的身体剧烈地碰撞在一起，李经理尖锐地哼了一声，那种声调，立刻让王努联想到了女人在床上的呻吟。有一瞬间，王努几乎改变主意，想直接就和身边这个现成的女人回宾馆算了，何必非要去见杜颖呢？但理智终于还是占据了上风，王努知道，自己绝不可以沾染李经理。这样，王努在越野车平稳的行驶中，在自己滑行般的错觉中，就不能不悲伤起来，既怨天，又尤人。回到西安后，在悲伤中急迫起来的王努，要求司机把自己直接送到了这家西餐厅的门前。王努让李经理先回去休息，自己晚上去机场时再联系她。

　　杜颖在面对王努时却没有表现出任何的诧异。她微微点了下头，示意王努在自己的对面坐下，并征求王努吃些什么，自然得好像一对多年的夫妻。然后，杜颖对王努说出了第一句正式的话，她说，王努，今天我们见面，我丈夫是知道的。这句意味复杂的话具有一股奇异的魔力，事后王努想，事情就是从这个时候糟糕起来的。从这句话开始，王努和杜颖的会面就被某种趋势裹挟了，王努不由自主就顺服在杜颖的语境中，把自己的愿望压制了下去，也把已经到了嘴边的话咽了回去。杜颖的第二句话是，这是我送给你的重要礼物。王努这才发现，餐桌上有一本黑色硬壳的厚书，杜颖用一只手轻轻地推向了他。于是，王努在那一天再一次吃惊不已。那是一本精装的《圣经》。惊讶其实是没有来由的，谁会为一本精装的《圣经》惊讶呢？王努所惊讶的，是那种现实与期望之间巨大的落差，它在一瞬间就把王努带进了持久的恍惚。

　　这是多么奇妙的一件事情，王努十多年前的旧日恋人，开始在这家西餐厅里向他布道。那些神圣的话语对于恍惚的王努却只是一个又一个偶尔突现的单词，光、信、望、爱，诸如此类。其中一个词由于出现的频率很高，就被王努格外地记住了，它是：有时。

杜颖捧起那本精装的《圣经》，对王努读道：

凡事都有定期，

天下万物都有定时。

生有时，死有时；

栽种有时，拔出所栽种的也有时；

杀戮有时，医治有时；

拆毁有时，建造有时；

哭有时，笑有时；

哀恸有时，跳舞有时；

抛掷石头有时，堆聚石头有时；

怀抱有时，不怀抱有时；

寻找有时，失落有时；

保守有时，舍弃有时；

撕裂有时，缝补有时；

静默有时，言语有时；

喜爱有时，恨恶有时；

争战有时，和好有时。

　　王努在这些一枚枚闪着特殊光芒的小金币般的词语中，吃下了一块牛排、两只小羊角面包。食物进入胃里的过程中，王努的意识有一刻回到了身体上。他看着眼前的杜颖，恍惚中就回忆起当年那对构成他爱情全部滋味的乳房。它们像水草一般顺从，可以被塑造，它们像食物一般庄严，可以充饥，他抚摸它们，吮吸它们，它们在抚摸和吮吸中花朵一般绽放——那种滋味，不就是寻找有时，失落有时么？在回忆中下出这个定义，无端地令王努热泪盈眶了。为了掩饰，王努摸出一支烟准备点上，却被杜颖阻止住，她用一只手摘掉了王努已经含在嘴角的烟，说，这里不许吸烟的。

　　王努有些慌乱，问她，你怎么知道我在西安的？杜颖含笑说，少君告诉我的，怎么，你后悔来见我了吗？王努说当然不，又说，原来是少君，我说呢。这时候王努就决定结束和杜颖的会面了，他对那些事先的预期已经不抱什么希望。王努说，我们就到这里吧，我还要去见见少君，时间不多了。杜颖似乎没有听到，眼帘垂下去端详自己手中盛着红酒的酒杯，过了片刻，才拿酒杯和王努的碰了碰，在一声悦耳的撞击声中说，王努，原谅我当年的罪，我们都需要被拯救。王努在"罪"和"拯救"这样的语言下有些不知所措，他还不太适应这样的句法。他觉得没什么好说的，既然眼前的一切都不是按照他的预期展开，就只有沉默了。于是王努只有抬起手腕去看表，七点钟刚过，也就是说，杜颖"亲自送出"这件"重要的东西"，实际上只用了一个小时。在王努看表的同时，对面的杜颖双手抱在胸前，遮蔽了那对唯一与过去一致的乳房，她在祷告：仁慈的主啊，求你看顾我的同学王努，让他在尘世中获得安宁，愿诅咒他的得诅咒，祝福他的得祝福……

从西餐厅出来，傍晚的西安城却骤然光明了。阴沉了一天的天空，突然间钻出了太阳。下过雨后的地面腾起不可一世的热浪。王努目送着杜颖的离去，杜颖的背影在地面腾起的热浪中隐隐约约地浮动，王努觉得这真的是一个脱离了低级趣味的背影。

三

　　那一天傍晚七点钟刚过的时候，王努出现在了自己母校的家属区。当时王努的腋下夹着一本精装的《圣经》，这个姿势迷惑了王努。起初王努还多少可以意识到自己是夹了本书，但过了会儿，王努就把这事忘记了。王努已经习惯了这种夹着的姿势，所以很容易就把这本《圣经》和那只手包混淆在了一起。何况，它们的体积和重量几乎是没有差别的。

　　少君跑下楼来迎接王努。由于比约定的时间早了一个小时，少君显得有些准备不充分，他只穿了一条肥大的短裤和一件半旧的白背心。少君的这副形象，在王努眼里也与预计的很不一致，王努以为留校后已经做到副教授的少君，不该是这么一个样子。至于具体该是什么样子，王努也说不清楚，总之，不该是现在这副样子。少君说，怎么提前了，吃饭了吗？王努说吃过了，说着过去亲昵地搂搂少君的肩膀。他们是大学时代最亲密的兄弟，分别十多年后，这样的动作应该很正常。实际上王努还想做得更夸张一些呢，他很想有力地拥抱少君，把那一天从出门时就困扰着他的失落感，在与少君久别重逢的喜悦中化解掉。但是少君却躲开了王努搂过来的那只手。他好像有些抑郁，起码没有王努那样热情。少君说，既然吃过了，就不请你到家里坐了，我们找个地方。看到王努收起了笑容，少君苦笑着补充道，正跟老婆吵架，就不让你看笑话了。于是王努做出了一个错误的选择，他重新笑起来，说，好，我们找个环境好一些的地方。如果这个时候，王努能够意识到自己腋下夹的是一本《圣经》而不是一只手包，或许就可以避免后来的那个事件了。起码他不会在身无分文的情况下，邀请少君去一个"环境好一些的地方"。

两个昔日的兄弟，穿过他们曾经共同求学的校园，来到了大街上。"环境好一些的地方"其实很好找，很快他们就走进了一家格调不错的酒吧。

王努要了一瓶红酒，和少君碰过杯后，感叹道，我们得好好追忆一下似水流年。这句话一出口，王努就顺利地滑进了伤感的情绪中，因为和杜颖见面时，他甚至连这种情绪都没有享受到。少君却摆摆手说，追忆是我这种不得意的人才干的事情，你春风得意的，应该展望才对。王努愣了一下，脑子里突然一片空白。王努感觉少君的话有些噎人，他觉得这一天真的有些不对劲。王努讪讪地说，你有什么不得意呢，都做到副教授了。少君看着王努，重复道，是，副教授！他把"副"字咬得狠狠的，让王努都怀疑是不是自己的语调中格外地强调了这个字。然后，就像刚刚杜颖布道一样，少君开始了诉苦，那些郁郁寡欢的话，对于恍惚的王努也只是一个又一个偶尔突现的单词，职称、房子、钱，诸如此类。不知不觉中，王努把这些词和半瓶红酒一起咽进了肚子。当然，其余的半瓶是被少君咽下去的。于是他们又叫了一瓶。在充分证明了自己的"不得意"后，少君开始反证王努的"春风得意"。他问王努有几套房子，王努迟疑了一下，说有两套，他说他一套房子还是按揭买来的。他问王努一定有专车吧，得到肯定的答复后，他说他幸好住在学校里，否则就得买一辆自行车来代步。

这种对比令王努不安起来。在酒精的作用下，王努突然反驳道，你多久没有性生活了？少君想一想，很严肃地说，有一周了，我现在根本没有那方面的……王努打断他，伸出三根手指在他眼前晃，说，我起码超过三个月没碰过女人了。说完王努就起来上卫生间了。他要给少君留下些时间，仔细去品味"超过三个月"的含义。

王努的步子的确有些飘，他心里很奇怪，为什么自己会故意选择这种步态，其实那点酒，对于他根本不算什么。卫生间里还有一个人，这个人在王努步态凌乱地离开时，跟了出来。他贴在王努的身后，悄声问道，先生，需要小姐吗？王努停下来，回头上下打量这个人。应该说，王努这个时候是相当清楚的，因为他问出了一句相当理智的话。王努问，多少钱？对方说，三百。事后王努想，自己当时犹豫了吗？答案是没有。王努当时没有犹豫地说，带路！

王努被带到了一间包厢。他甚至没有去给少君打声招呼。王努想自己很快就会出来的。包厢里倒还雅致，一排沙发，居然还有一束郁金香。随后那个穿着黑裙子的女人就进来了。她很直接，进来后就交给王努一枚安全套，然后背过身去，开始脱自己的衣服。沙发不够宽大，女人的四肢吸盘似的在身下扣住了王努，他只能站在地上，俯下身把头埋在她的胸前。王努吮吸着女人的乳房，起初口腔里那种微咸的汗味多少还令王努生出了厌恶，但是他很快就被点燃了，忘情地陷入在那对乳房所带来的安慰中。

它们饱满地贴在王努的脸上，令他一阵阵地窒息，他也真的像潜水一样，有意地把自己的鼻孔和嘴全部挤压进去，让那种遒劲的肉的力量堵塞住自己的呼吸，直到肺部将要爆炸的时候，才求生似的仰起头。这样就有些像是做游戏了。女人不耐烦起来，催促道，你快一些。于是，王努在女人的催促声中，完成了下面的事情。不管这件事情后来发展到怎样糟糕的地步，王努都愿意承认，这是他迄今为止最酣畅淋漓的一次性事。那个时候，他当然想到了杜颖，甚至都想到了贵妃杨玉环。王努想，最灿烂的那个瞬间，自己感受到的那种巨大的滋味，就是"怀抱有时"吧。

王努起来整理自己的裤子时，那种被阳光普照着的感觉依然没有消退，以至于那个女人在身后发出疑问时，他居然快乐地笑了起来。女人问，哎！你刚刚戴套了没？这句话王努听清楚了，但是巨大的满足令他忽略了其中蕴含的危险。王努笑了，说，什么话？你不怕得病，我还怕呢！女人的脸阴沉下来，用手指了指地面。顺着女人手指的方向看过去，王努立刻蒙了。地面上扔着一只打开了包装但却没有展开的安全套。怎么会这样？！事后王努判断这完全是个圈套，女人是在他整理衣服时调了包，那只使用过的安全套被她藏了起来。但是当时，王努的确是糊涂了，他不能够确定，自己是否真的在狂乱中忘记了安全。王努甚至不甘心地捡起了地上的那只安全套，把它展开，对着灯光检查起来。没有等到王努得出结论，包厢的门就被人从外面撞开了，三个粗糙的男人走了进来。

四

少君被领进包厢时，王努刚刚看过自己的表，九点差十分。王努想起来，自己今晚十一点钟是要乘飞机离开西安的。当然，被他想起来的还有其他的事情，比如，他出门时没有带手包，钱夹也扔在宾馆里，所以，现在面对讹诈，他没法迅速地摆平。少君显然已经知道了事情的原委，他进来时像一只仓皇的兔子。王努却很镇定，身体刚刚获得的巨大安慰，给了他从容的态度。王努甚至依然向少君愉快地笑了笑，从裤兜里摸出房卡交给他说，你去宾馆，在我的房间里把钱夹拿来，里面有张银行卡，你去提款机里取五千块给他们。少君呆若木鸡地站着不动。王努只好催促他，快去呀!

　　少君走后，其他人也退出了包厢，只留下王努一个人在里面。王努坐在沙发上，开始反省自己这一天的行为。渐渐地，就有了一个基本的脉络：王努觉得杜颖难脱其咎，那个在乾陵上打进来的第一个电话，唤醒了他"超过三个月"没有解决的欲望，而且，天气、乾陵的地貌、贵妃杨玉环的体态、李经理的乳房、与杜颖神圣的会面、少君的反证法，都起到了推波助澜的作用。这样看来，天下万物都有定时，自己最终毫不犹豫地走进这间包厢似乎就是必然的了。但是，王努觉得这些理由还不足以让自己判若两人。燠热的天气、女人的诱惑、朋友愤愤不平的抱怨，这些几乎是每天都发生着的事情，为什么只有今天才令自己失去理智呢？一定还有其他更重要的因素被忽略了。那么是什么呢？王努绞尽脑汁，也找不到那个理由。想得狠了，恐惧就涌了上来。王努的思路被带向了另一个问题——自己究竟戴没戴安全套呢？越想越倾向危险的结论，王努感觉到自己的身体发生了一种黝黯的病变，鼻腔里甚至弥漫上溃败的腐烂气息。

　　这时候门外突然纷乱起来，有人在跑动，有人在大声呵斥。然后门就被撞开了，两个警察出现在门口。王努一阵眩晕，他不能够相信这一切真的发生了。被警察带出酒吧时，王努看到了少君。他站在闪着警灯的警车旁，脸色煞白。王努苦笑着说，老同学，你毁了我了。少君神经质地抖起来，声音尖利地说，我觉得还是应该报警。王努伸手搂搂他的肩膀。这一次少君没有躲开，瑟缩着把那张房卡塞在了王努的手里。王努感到自己的这个兄弟是在一瞬间垮了下去，黑夜巨大的阴影在一瞬间淹上了他的脸。那一刻，王努抵达了一天中痛苦的顶峰。他不能相信少君会迂腐到这样的地步，直到坐在警车里后，少君那些郁郁寡欢的反证法还喋喋不休地回响在他耳旁：你有几套房子，你有专车吧，你春风得意的，应该展望才对……

　　在派出所里，王努唯一可以选择的，就是拨通了李经理的电话。在此之前，王努被做了询问笔录，并且在自己签下的每一个名字上摁上了鲜红的指印。随后李经理就到了，和她一同来的，还有她们公司几位重要的高层。王努一直保持着镇定，用沾着印泥的手和他们一一握手。王努的异常只有他自己可以感觉得到，他觉得走出派出所时，自己仿佛是在水面上滑行着的。

坐在车里，一位姓张的老总对王努说，让您受惊了，是我们招待不周，不过您放心，这件事情绝对到此为止，您不需要有什么顾虑，善后工作我们一定处理好。王努点点头说，谢谢。然后王努摸出了一支烟。李经理就坐在王努的身边，王努记得自从他们见面以来，每次只要自己摸出烟，李经理就会准确地把一只点燃的打火机伸过来。但是现在，李经理的头偏向车窗外，只留给他一个冷漠的侧影。这个女人显然是受到了伤害，她不能理解，精英王努的趣味何以会如此低下，从某种意义上想，王努的行为简直是对她的侮辱——难道她不是一个更具诱惑力的安慰？

回到宾馆后，虽然时间紧迫，王努还是坚持进了卫生间冲洗自己。王努把所有的浴液都浇在自己的下身，然后又一遍遍地用香皂去揉搓，但是那股溃败的腐烂气息始终弥漫在鼻腔里。王努惊悚着战栗起来，夺眶而出的眼泪混在汹涌的水流中。抬头间，王努看到了镜子中自己的身体——它孤独地站在花洒下，水淋淋的，像只落汤鸡。王努遽然找到了自己这一天所有异常的根源，那就是，在清晨面对镜子中自己的那一瞬间，他痛心疾首地意识到，自己依然匀称和标准的身体，只用来春风得意和夹昂贵的手包了——它居然没有用来败坏过。

　　十点钟刚过，王努向机场出发了。王努的身后是一支浩浩荡荡的车队，那家公司所有的高层人员都前来送行。他们提前开始了庆贺，因为那份价值千万的合同几乎已经万无一失地落实了。他们欢迎王努尽快回来补上一场压惊酒。车队快到机场时，王努突然想起些什么，问身边的李经理，你们见到我那本书了吗？李经理不解地问，书，什么书呢？王努对她形容了一下，说，有这么大，黑色的壳，精装。李经理摇摇头说，没有，我们没有见到，要不您告诉我书名吧，我一定替您再买一本。王努说不必了，他始终没有说出那个书名。

　　那一天，在登机的时候，王努突然感到了自己腋下的异样。在飞机上坐下后，王努缓慢地拉开了自己手包的拉链。它果然在里面，尺寸、厚度，恰到好处地紧贴着柔软的皮革。王努闭起眼睛，用手指抚摸它的书脊，觉得有时，这一天还没有过去，但是已经虚无起来了。

鸽

子

兰城的中心广场是在两年前投放鸽子的。开始，这一举措进行得不太顺利，在最初的几个月，上千只广场鸽锐减了将近一半。报纸说，除了正常死亡，其中三成鸽子是被车碾死的，另外七成，是被人偷走了。这组数据很让人尴尬，媒体轰轰烈烈地开展了一段时间的大讨论，市民们由此接受了一次道德教育的洗礼。后来情况慢慢好转了，大家的道德水准有所提高，司机们驶过广场前的马路时，也会自觉地减慢速度，留心过往的鸽子；管理者的经验也丰富起来，除了加强宣传和保护，还比较熟练地掌握了饲养鸽子的技术。这样一来，鸽子们就在兰城的中心广场站稳了脚跟，蓬勃发展，成为兰城一道美丽的风景。

　　少年的摊位在两年前和鸽子们一同摆在了中心广场。这个摊位来之不易，少年心里知道，母亲为此和广场管理处的人做过怎样的交易。因此，少年一改往日的顽劣，精心投到摊位的经营上了。这个摊位渐渐成了少年一家的主要经济来源。

今年春天以来，广场上接连发生了两件与鸽子有关的事：

先是禽流感。谁会料到这种疾病会影响到兰城这样的内陆城市呢？可是它居然真的影响到了。少年在春天里目睹了卫生防疫人员给广场鸽注射疫苗的盛况。他们如临大敌，戴着口罩和几乎要裹到肩膀上的橡胶手套。他们使用的那种注射器，形状居然像枪一样，只是有一根长长的管子和药水瓶连在一起，这反而让它显得更具杀伤力。卫生防疫人员捕起鸽子，当胸便是一枪，那架势，不像是拯救，像是屠杀。刹那间，广场上动荡起来，鸽子们扇动翅膀的气流像一阵纷乱的风，风中还飞舞着它们挣扎时脱落的羽毛。少年看呆了，这样的场面很让他激动，他觉得有些壮观，内心焦灼而又亢奋。

再是避孕药。广场管理处认为鸽子们的繁殖速度过于快了，两年前他们面对了鸽群"锐减"的烦恼，如今鸽子们在良好的环境之下，又给他们带来了"激增"的烦恼。其他问题先不说，现在鸽子们每天产生的大量粪便，就成了件棘手的事情。总之，广场鸽目前的数量已经超过了管理者的负荷，如果不采取措施，它们必将以令人吃不消的态势繁殖下去。怎样才能控制住鸽子的数量？这可让管理者费尽了心思。起初，他们定期围捕鸽子，把其中的老弱病残统统杀掉，但这种办法收效甚微，因为正本溯源，给他们造成麻烦的其实是那些身强力壮的家伙；此外，还有些小妙计，譬如在鸽子蛋的外表涂上一层油，这样里面的雏鸽会因缺氧而闷死，再譬如，把鸽子蛋摇一摇也可以达到孵不出小鸽子的目的……显然，这些方法太麻烦了。于是，最终方案拿出来了——广场上所有的摊主被集中起来，管理者将捣碎了的避孕药分发给大家。少年被告之，他必须把这些粉末掺进出售的鸽食里。少年坐在春天的广场上，一袋一袋打开自己和母亲辛苦包装好的鸽食，然后用一把小勺将那些粉末添进去。这项工作要在监督下完成，那么多人围在一起干，阳光中飘满了白色的粉尘，它们弥漫着一股微酸的气味，让每一个工作者的内心都忐忑不安。"这可是避孕药啊！"有人颤颤地说。比较有自我保护意识的，就用卫生纸塞在了鼻孔上。起初游客们搞不懂这堆人是在做什么，等打问明白后，就远远地围观着，并且不时发出会心的笑声。少年心里慢慢愤慨起来，他开始装一勺骂一声："妈的，避孕药！"他的口腔

里随着骂声也布满了那种微酸的气味，后来，都酸出口
水了。

这两件事发生以后，少年对自己的营生突然懈怠起
来。他在这个春天变得有些莫名其妙地狂躁。少年觉得在
广场上转的这些人都很无聊，他们走来走去，不管是拍
照，还是喂鸽子，都有股装模作样的味道。他不再主动兜
售商品了，对顾客态度无理，有股没来由的冲劲，经常会
和人吵架。少年想，我卖的不过是一些饮料香烟之类的小
玩意儿，没必要对他们毕恭毕敬！他觉得如果自己还像以
前那样热情，就是助长了这些人的兴头。

那一天的下午，当那个中年人来到少年的摊位前时，
就受到了少年的冷待。中年人要买一袋鸽食。少年冷冷地
看着他，爱答不理的。他又重复了一遍自己的要求，少年
依然纹丝不动。中年人摸出了一块钱，放在少年的摊位
上，然后，试探着自己动手拿起了一小袋包装好的玉米。
他将这袋玉米在少年眼前晃了晃，似乎是在征求少年的意
见。少年目中无人地板着脸。中年人自嘲地笑了笑，拿着
玉米走了。这桩生意就是这样完成的。少年看着中年人离
开的背影，觉得这个人实在讨厌——都什么岁数了，还穿

着一条包紧屁股的牛仔裤!

少年对着空中啐出一口唾沫,愤愤地骂一声:

"妈的,避孕药!"

接着,他转过自己的头,向不远处那家时装店望去。

一

祝况弯腰向那只壮硕的灰鸽子抛玉米时,头顶那缕薄纱般的头发就垂了下来。它们从祝况右边的鬓角生长出来,横向覆盖着他光秃的头顶。

一般情况下,祝况会很留意自己的动作,避免让这缕头发飘起来。但是,那只壮硕的灰鸽子让他忘记了谨慎。它似乎很傲慢,总是对祝况抛过来的玉米不屑一顾。这让祝况有些恼火,觉得它的姿态很像已经离去的倪裳——胸脯饱满地挺着,雄赳赳的,一副自视颇高的样子。一旦把这只鸽群中的骄傲者和倪裳联系在一起,祝况忘记谨慎就是顺理成章的了。倪裳是祝况的妻子,刚刚和他办理了离婚手续,像一只品种高贵的鸽子,向着幸福和希望飞去了。

所以，祝况抛向那只灰鸽子的玉米就渐渐地有了砸的架势，他在瞄准，让玉米子弹般地发射出去。于是，那缕长发不再安分地贴在脑门上了。

祝况有些狼狈，情绪是在一瞬间紊乱的。他用手把那缕长发撩上去，抬头间，就看到了笑不拢嘴的杨如意。

杨如意站在那间时装店的门前，阳光很好地照耀着她。一旦被阳光照耀，她这类健康的女孩子就焕发出特有的光彩，红扑扑的，很茁壮，很结实，像一枚毛茸茸的桃子。

祝况看着桃子般的杨如意因为自己暴露出的秃顶而笑不拢嘴，就下意识地向她发出了邀请。也许是为了掩饰尴尬，也许阳光下的杨如意散发出的那种稚气对祝况没有什么妨碍，总之祝况笑了一下，对她招手道：

"来，和我一起喂鸽子。"

倪裳是在半个月前飞走的，飞向温哥华，飞向一个小她十多岁的男人。

事情祝况多少是知道些的。这个男人和倪裳家是世交，少年时期有一段在倪家生活的经历，大概也就是在那个时期迷恋上了倪裳。这不奇怪，一个青春期的少年，总是容易迷恋上那些大他们一圈的女人。何况，倪裳又是个容易让少年们迷恋的女人，她饱满，却又小巧，真的是像一只品种高贵的鸽子。那时候倪裳正在和祝况谈恋爱，所以，祝况很容易就成了这个少年的敌人，每次他去倪家都要留心把自己的自行车存放好，否则出来时，他见到的就有可能是一辆瘪了轮胎的车子。当然，一个少年的敌意，充其量也只能对祝况造成诸如此类的一些小麻烦，他怎么可以威胁到祝况的爱情呢？那个时代的祝况正是蒸蒸日上的时候，著名诗人、文学刊物的主编，这样的头衔，会怕没有爱情？

但是，再次见到这个少年时，他已经是个男人了。他来看望倪裳，从头到脚都对祝况造成某种温和的压迫。令祝况沮丧的不是压迫，倒是那种温和，他温和，是他已经十足地有力了，不需要锐利地去夺取什么和破坏什么，那种仓皇的姿态是他已经不屑的了。倪裳受到了他的邀请，和他一同飞往上海，去见识他在那里的成功。

倪裳在上海的日子里，祝况独自在家，无端地就有些苍老感，突然变得喜欢回忆。他整理出所有的影集，把老照片翻出来一张一张地看，看照片上曾经的自己和曾经的倪裳。后来他发现，"曾经"这个词只适用于自己，对倪裳而言，却是不恰当的。倪裳似乎就没有"曾经"过，她还是她，四十多岁了，依然还是一只名贵小鸽子的模样。照片中的倪裳始终如一地饱满和小巧着。不同的只是，作为照片中的背景，倪裳的身后，从最初的书架逐渐更替为名山大川，更替为酒吧里花火一般灿烂和暧昧的灯光。

倪裳在婚后一直没有生育，但这并不是她永葆青春的原因。是呢，对于一只名贵的小鸽子般的女人，时间也是无能为力的，祝况想，即使倪裳给他生下一群小鸽子，也依然不会有多大的变化。有些女人永远不可败坏，永远以一种姿态存在，而倪裳，就是这样的女人。和这样的女人生活，祝况觉得自己的苍老都被加速了。被倪裳对比着，祝况曾经满头的乌发都以令人悲伤的速度消失殆尽，仿佛被下了咒语，只是为了更好地衬托出倪裳的历久弥新。

倪裳从上海回来，就做下了飞往温哥华的决定。那个男人已经移民过去了，在度过了将近二十年后，他终于成功地吸引了自己少年时代的女神。

做出离婚的决定，倪裳的态度却并不因此显得恶劣。

老实讲，倪裳从来就不是一个态度恶劣的女人。即使做出伤天害理的事，倪裳的神态也是很无辜的那种样子，眼神里有些抱歉，又有些顽皮，一副任凭你发落的光棍劲儿，结果倒令祝况没有了火气。这种状况他们都习惯了，将近二十年的时光就是这么过来的，尽管生活里布满了激荡的暗流，但态度上却从来都是温文尔雅的。于是，尽管祝况心里面百感交集，但是依然很痛快地答应了倪裳的要求。祝况说：

"那就离吧，万一过得不如意，还可以回来的。"

倪裳听了他这话，眼圈红红地把头埋进他怀里。祝况也有一瞬间的感动。处在感动中的两个人渐渐地都有些激动，开始互相亲吻对方，不知觉中，就把身体完全裸露了出来。他们站立着，手拉着手，脸上都浮起酒醉般的酡红，在傍晚昏暗的光线中看着对方。他们就在客厅的沙发上做了爱。事后，倪裳的一只手放在祝况已经隆起的肚子上，轻轻抖动，那些肉就跟着晃起来。然后，她又用手去撩拨祝况那一缕欲盖弥彰的长发，将它们拉直，缠绕在指头上。倪裳是在温柔地检阅着时光碾过这个男人身上后留下的痕迹。

那一刻，倪裳是一只忧伤的鸽子。祝况把头埋进她鸽子一样饱满的胸脯里，沉痛地想，自己已经变得丑陋的身体，只有在倪裳面前，才能毫无羞耻地暴露出来，因为她以爱情的名义见证了这具身体改变的整个过程，但是，从此以后，自己将再也没有勇气让其他女人过目了……

剩下的日子祝况帮着倪裳整理东西，还陪着她和朋友们一一告别。朋友们表现得也很镇定，仿佛祝况只是把一个女儿送到温哥华去。走的那天，祝况打算把倪裳送到机场，但是倪裳坚持自己走，她一下子就哭了，说：

"如果过不好，我可真的回来呢！"

祝况站在自家楼下的花坛前，目送着倪裳钻进出租车里绝尘而去，有一种养鸽人放飞信鸽后的滋味。那是一种品质高贵的鸽子，它飞越千山万水，也会在某个时刻神奇地归来。

祝况的情绪很低落。这很正常。他们杂志的刊号已经变相卖给了北京的一家文化公司，目前，他这个名义上的主编没有任何实质性的工作，所以他也无法借助工作来排遣坏情绪。下午的时候，祝况看了看表，推测倪裳已经在上海落地了——她和他将在那里汇合，然后一同飞向温哥华——这个时候，那种混合着痛苦和屈辱的怨怼才清晰起来。

祝况从办公室走了出来，走出单位的大门，走进阳光里，来到了中心广场。

春天里的广场如此明媚，鸽子落满了一地，它们在春光下幅度不大地起起落落。旁边有卖鸽食的摊子，黄灿灿的玉米装在小袋子里面，一块钱一袋。祝况走到一个少年的摊位前，提出要买一袋鸽食。这个少年非常古怪，他面无表情地盯着祝况。祝况的心思不在这上面，放下一块钱，自己拿了一小袋玉米，离开了这个古怪的孩子。

祝况走出几步，开始一粒一粒聚精会神地将玉米抛向鸽子们。

杨如意已经注意祝况好几天了。时装店生意清淡，尤其在下午这段时间，更是门可罗雀——的确，此刻那些鸽子们就神态自若地在门前来来回回地走着。

无聊中的杨如意只有去看店外的那些鸽子。她注意到这个中年男人，因为他喂鸽子喂得与众不同：一小包玉米，他一粒一粒地抛出去，能够喂一个下午。杨如意在心

133

里猜测这个男人的身份。中专毕业后杨如意做的每份工作都是招呼人的事，餐厅迎宾、公司业务员、售货小姐，都是和人打交道，这培养出了杨如意的眼光，所以她比较准确地判断出了祝况的身份。他是个搞文化的，杨如意在心里对自己说。这个判断的依据是祝况腿上的牛仔裤。因为在杨如意的经验里，她接触过的几个穿牛仔裤的中年男人，都是搞文化的。这个判断使得后来他们之间的接触变得轻而易举。在杨如意的经验里，一个搞文化的中年男人，相对来说，不那么危险。

所以，当祝况对杨如意发出邀请时，她很轻松地就响应了。

祝况笑了一下，对她招手道："来，和我一起喂鸽子。"

杨如意走过去，祝况分出一小把玉米给她。真的是怪事：那只顾盼自雄的灰鸽子在一瞬间变得前倨后恭，杨如意抛出的玉米被它接二连三地啄进嘴里，它啄得摇头摆尾，居然有种巴结的态度。

祝况有些诧异，看看身边的这个女孩子，不明白她哪来这么大的面子。

杨如意也很意外。之前她已经充分观察到了这只鸽子的傲慢，于是，现在就有些沾沾自喜。然后玉米就抛得有些忐忑、有些犹豫，举棋不定地弹跳着奔向那只鸽子。它们落下的不是地方，完全没有抵达那只鸽子觅食的范围，然而那只鸽子急匆匆地抢过去，依然把它们啄进了嘴里。

　　杨如意兴奋了，快乐来临得令人猝不及防。一种混合着自信的奇妙快感支配了杨如意的动作，她的手臂在空中划出漂亮的弧线，一粒粒玉米从指尖飞出，都有了随意挥洒的韵味。鸽子，那只壮硕的灰鸽子，以及其他的鸽子，突然扑棱棱地扇动着翅膀汇聚在他们的身边，毫无遗漏地捕捉着杨如意馈赠出的食物。

　　快乐却是短暂的，手中在一瞬间就变得空空如也。于是，那种充满着仪式感的快乐，也随着玉米的消失而消失了。

　　鸽子们迅速散去。杨如意一下子感到了失落，有些懒懒的，回过神来时，看到身边的男人向她微笑着，把手中剩下的小半袋玉米递在她面前，像是赐予她快乐的源泉。杨如意却不敢再一次实践那种快乐了。她突然感到了害怕，怕那些鸽子不再会配合她的快乐——它们都是些被豢养出了脾气的家伙，对于食物的兴趣早已丧失了迫切。杨如意在心里肯定地告诉自己：鸽子们一定不会再给她面子了，那种快乐，空前绝后，只能够有一次。她甚至做出了一个决定：再也不喂鸽子了，以后都再也不喂了。

这一幕在祝况眼里并没有更多的意味，他只是有些好奇。把手中剩下的玉米都给出去后，祝况向这个女孩子又笑了笑，拍拍手走了。

杨如意咦了一声就往店里跑。她想起来自己把店门大开着是一件危险的事。但是危险还是发生了，进到店里，杨如意发现最前面那排衣架上的衣服不翼而飞。杨如意有些懊恼，其实她是知道的，广场上很乱，总有一帮小混混在伺机作案，令人防不胜防。

第二天下午祝况来到广场上就看到了杨如意。她站在一个小摊边，穿一件粉色的吊带衫，被春天的阳光很好地照耀着，依然像一枚毛茸茸的桃子。

祝况向她笑着点下头，然后照例去买鸽食。他发现眼前这个摊位的主人是一个面目生冷的少年。少年正在摘掉自己身上粘着的一根鸽子羽毛，他的目光冷冷的，甚至有股挑衅的味道。祝况愣了愣，随手放下两块钱，自己拿了两袋玉米，然后回身递一袋给身边的那个女孩子，他说：

"一起喂吧。"

杨如意不说话，笑一笑，摇头拒绝了。

祝况就自顾去喂他的鸽子了。抛出几粒玉米后，祝况一回头，看到那个女孩子跟在自己身后。祝况再次笑了笑，问她：

"你不看店吗，被偷了怎么办？"

"已经被偷了。"杨如意若无其事地说。

"哦？"

"昨天和你喂鸽子的时候被偷的，一共丢了五件衣服。"

"怎么会这样？"祝况怔住，有些吃惊。

杨如意回一句："我没骗你的。"

"当然当然，"祝况眉头皱起来，"损失大吗？"

"两千多块钱吧。"

祝况又是一惊，他知道两千多块钱对这种打工的女孩子不是个小数目。

"那你怎么办，要赔吗？"

"当然要赔的，老板把我开除了，反正也赔不起。"

祝况向那家时装店看了一眼，果然，里面已经换成了另外一个女人。再次回过头来，祝况才仔细打量身边的杨如意。她大概二十岁刚刚出头的样子，身材匀称，五官也算秀丽，加上健康的肤色，可以说是个体貌不错的女孩子了。

"你叫什么名字？"

"杨如意。"

祝况沉吟了片刻，从怀里摸出自己的名片递给她："要不，我给你再找一家工作的地方？"

杨如意看看祝况的名片，笑起来。

"你笑什么？"祝况问。

杨如意笑而不答，在心里面说：果然是个搞文化的。

杨如意把名片捏在手上说："那现在就找给我吧，让我早一些摆脱失业的痛苦。"

祝况想一想，说："也好。"

当他们结伴离开广场的时候，听到身后有个声音骂骂咧咧地唾出了一句奇怪的话：

"妈的，避孕药！"

杨如意回头看了一眼，春天的广场上人来人往，她找不出是谁发出了这样的一声。

一路上祝况问了杨如意几个问题，譬如多大了，兄弟姐妹几个，出来工作几年了。杨如意一一回答了，然后她向祝况问道：

"你太太是做什么的呢？"

祝况愣住，他想不到杨如意会问他这样的问题，一下子觉得有些难以回答。祝况想，倪裳是做什么的呢？其实他们结婚两年后倪裳就什么也不做了，从学校辞了职，对外就以诗人的名义自居。可是现在对杨如意回答自己的太太是位诗人，祝况又觉得不太妥当，转念一想，原来倪裳现在也不是自己的太太了，于是就对这个问题保持了沉默。祝况把头扭向一边，看着出租车外，仿佛没有听到杨如意的问题。

杨如意没有得到答案，也不再问下去。透过车里的后视镜，她看到自己和祝况被同时照在里面，年龄上的差距，令他们宛如一对父女。杨如意想起自己的一个小姐妹，就嫁给了一个比祝况还要老得多的老头。当时她还是鄙视这种选择的，那时她有一个男朋友，是上中专时的同学，曾经爱得一塌糊涂。此刻想起这件事，令杨如意不禁又有些恍惚，仿佛昨天那种短暂的快感又从身体里一闪而过。实际上那份快感一直就没有完全弥散，细碎地持续在她的身体里，以至于她在面对失窃和失业这样严峻的状况时，都没有太大的紧张。

昨天，当鸽群的翅膀在眼前飞舞的那一瞬间，杨如意就顺应了某种偶然性，有种将要发生什么和获得什么的预感。于是，怀着一些隐秘的愿望，她今天依然站在了广场上。

出门时，母亲照例对杨如意唠叨，不过是嫌她打扮得花枝招展，母亲说：

"你又丢了工作！你把自己搞成一只花蝴蝶做什么？不积极向上，做一只花蝴蝶也没用！"

杨如意恼怒地把门摔住，然后，她对着已经关闭了的门说道：

"我今天就积极向上给你看！"

祝况决定把杨如意安排在丁岚那里。丁岚是他手下的女编辑，刊物卖了，编辑部的人都是闲养起来的，除了他这个主编，其他的人都在外面做起了生意。丁岚开了家藏族风格的酒吧，已经有了些规模，祝况想在她那里安排一个人应该不是问题。

到了丁岚那里，果然是没有一点问题。丁岚上上下下打量着杨如意，说：

"你祝老师带来的人，我能不要吗？"

现在祝况已经成了鸽子们的熟人。祝况的胳膊如果举起来，就会有鸽子盘旋而起，姿态优美地降落在上面；他把玉米在手心里亮出来，它们就谦逊地依上来啄食，尖尖的喙啄在掌心上有种沉静的痛感，刹那间，祝况会因此充满忧愁一样的温柔。

手机这时候响起来。

"祝老师你又在喂鸽子吧，我猜得到。"

是杨如意，她听丁岚叫祝况老师，于是就跟着这么叫。

"是啊。"祝况承认了，突然有些不好意思。祝况觉得自己这么日复一日地喂着鸽子，在这个女孩子眼里一定有些可笑。

"晚上我请你吃饭吧。"杨如意的确笑了起来。

"请我？为什么呢？"

"感谢你替我找到了工作啊，今天领到薪水了，当然要请你。"

祝况就答应了下来，然后回家换了件干净的T恤，因为身上的这件已经落满了鸽爪留下的灰迹。出门时祝况顺手带上了那一大盒的化妆品，是一个外地的朋友送的，人家还不知道倪裳已经飞到了温哥华，以为送这样的东西给祝况还能讨上好。

杨如意订下的地方居然是一家西餐厅。祝况进去看到她后感觉到有些诧异。她穿了件紫色的裙子，头发也绾在了脑后，年龄看上去一下子大了好几岁，而且餐厅里的光线也暗，血红血红的，这些都让她看起来，不再像一枚被阳光很好地照耀着的毛茸茸的桃子。

把杨如意安排在丁岚那里后，祝况就没再见过她，只是打过电话去问问她工作得是否顺心。倒是杨如意频繁地有电话打给他，有时候一天会打三四次，说些闲话，很熟稔的样子。所以看到变了一种形象的杨如意，祝况感到有些茫然，心随着眼睛恍惚了一下。

杨如意看到他手里的那一大盒化妆品，脸上露出惊喜的样子，问：

"送我的？"

"嗯，送你的。"祝况坐下来，看桌上的菜单。

"是别人送给你太太的吧？"

杨如意眼睛闪烁了一下，调皮地笑。

"……嗯，对。"祝况吃了一惊。

其实杨如意已经知道了祝况的婚变。丁岚的酒吧是圈子里的朋友常去聚会的地方，许多祝况的朋友聚在一起，免不了总是要谈到倪裳和温哥华的，杨如意带着留意的耳朵，自然就听了个彻底。知道了这种情况，杨如意心里那些隐秘的愿望渐渐有了一些轮廓，被勾勒出来了。

杨如意要了红酒，她和祝况碰杯。这些都令祝况恍惚。其实杨如意的举止与形象应该是协调的，不协调的只是她现在展示出的老练，与祝况对她最初的印象迥异其趣。眼前的杨如意，是一个女人，不是一枚毛茸茸的桃子。

"我毕业后做过很多工作。"

半杯酒后，杨如意谈到了自己的经历，神态和语气都蒙上一层勉强的沧桑感。

祝况哦了一声。他有些好笑，想，一个二十多岁的女孩子，会有什么沧桑呢？

"最离谱的是给一家医药公司做营销，我居然要冒充医学硕士。"

"那你是学什么专业的呢？"

"机电一体化。"

祝况笑出了声，笑得自己都有些莫名其妙，这其实没那么有趣。

"你不要笑啊，在这个社会生存真的是好难，我遇到过什么样的人、什么样的事，你都想象不到的。"

杨如意咬着下嘴唇，补充说："不要看你是搞文学的。"

祝况点点头表示认可她的话，突然问出一句：

"你父母是做什么的呢？"

这句话好像一把野蛮的刀子，一下子就腰斩了杨如意营造出的气氛。它出自一个长辈的口吻，相当于在问一个孩子：你今天乖不乖？杨如意眼睛里浮上一层迷蒙，那是霎时涌上的眼泪，她有种凌乱的委屈感。

"怎么了？"祝况体会不到这个女孩子微妙的内心。

"没什么，"杨如意把头转向一边，再回过头来时，脸上已经重新浮上了笑，"——噢，他们是普通工人。"

祝况觉得眼前的这个女孩子的确有些奇怪。他以为杨如意霎时涌起的泪光是由于"普通工人"，不理解这怎么

144

会成为一种悲伤的理由。同时，她那份控制情绪和恢复表情的能力，也让祝况刮目相看。

"不说我了，说说你吧，嗯，祝老师？"

杨如意决定让祝况来倾诉，她认识到，只有让这个男人说起自己，他们之间才会形成一种平等的关系。

"我？"祝况笑着把双手在桌子上摊开，"我没你那么精彩，到目前为止，基本上只做过一份工作。"

"你——是一个从一而终的人。"

杨如意瞪起眼睛，嘴角也跟着微微翘上去，这就是撒娇了。也许，这才是一个女孩子最恰当的方式。

下面的状况就是以这种方式进行了。两个人都很愉快的样子，祝况甚至也和杨如意开了几个温和的玩笑。

离开餐厅的时候，杨如意很自然地用胳膊挽住了祝况。两个人的手臂挽在一起，一种紧绷绷的敦实的感觉从祝况的胳膊上蔓延开来。这种感觉不是来自杨如意的体形——实际上她很匀称，而且皮肤光滑——是来自那种年轻的生命力，类似于一只饱满的足球，一触之下，就会弹性十足地飞起来。

祝况把杨如意送进出租车后就匆忙地告别了。有一份骤然升起的对于倪裳的思念，令他不能自抑。

祝况打算一个人走一走。这时候有一个人从黑暗的街边和他擦肩而过。祝况觉得这个冷冷的少年似乎有些眼熟。

祝况再次见到杨如意是在丁岚的酒吧里。几个朋友轮番打电话过来，让他务必去聚一聚。朋友们是在关心他，认为他该是从倪裳和温哥华的阴影里走出来的时候了。祝况赶过去时，他们已经喝下去了不少啤酒，见到他，就有人嚷嚷道：

"叫卓玛来！叫卓玛来！"

那个卓玛被叫来了，却是穿着藏族服装的杨如意。在一派近乎起哄的笑声中，杨如意笑盈盈地过来坐在祝况的身边。酒吧里全部点着酥油灯，影影绰绰的灯光真的就把杨如意变成了一个卓玛，在飘忽的灯影下，她有着一种无辜的纯洁之美。

祝况也觉得很好玩，他只是不明白为什么自己一到，朋友们就热烈地把杨如意招呼过来。

开始喝酒。答应了朋友们的邀请，祝况就已经做好了一醉方休的准备。因为这种聚会一定是以这种方式告终，以前祝况为此还和倪裳不愉快过。他很少让倪裳不愉快，只有喝酒这件事。后来是不断隆起的肚子纠正了祝况——倪裳总是会在一些时刻恰如其分地提醒他体形的转变，"难看死了"，她会噘起嘴说，用手指捏起一块赘肉说。倪裳噘起的嘴，捏起一块赘肉的手指，最终令祝况断绝了啤酒，同时也减少了和朋友们聚会的次数。

但是，现在倪裳带着她的嘴和手指飞向了温哥华。

想起了倪裳，祝况的酒就喝得惨烈。今天他收到了一张倪裳寄自温哥华的明信片，倪裳在那张异国风景的背面，写下了调皮的话：现在我还好，不好了，就会飞回来。

此刻酒的甘醇混合着酥油微微的膻味，成了祝况清洗忧伤的源泉。杨如意一直坐在他身边，不知觉中，祝况的身子就斜倚在了她的怀里。她替他一杯一杯地倒酒，替他用打火机点烟，然后玩起来，让打火机点燃的火苗总是躲避着他的烟头，最后祝况用两只手捉牢了她的手，烟咬在嘴上凑过去，整个人于是就陷入了她的怀抱中。朋友们醉眼惺忪地看着他们，很欣慰，有人过来用一条洁白的哈达将他们缠绕起来。

其间祝况起来上卫生间，推门进去看到丁岚正对着镜子整理口红，她喝得不多，自己开酒吧，当然不能失度。祝况想退出去，却被丁岚拉住。

"你告诉我，你和这个杨如意只是排遣一下，还是当真的？"丁岚很严肃的样子。

"怎么会当真呢？"祝况这个时候还没有完全醉过去，但是思维和语言都已经有些不跟趟了。其实他想表达的是，即使是排遣一下，他都没有具体地考虑过。

"不当真会送她那么贵的礼物？"丁岚不信他的话。

"……礼物？"

"SK-Ⅱ啊，很贵的。"

"是……啊？"祝况用一只手扶在墙上，"是别人送倪裳的，我觉得也没什么用了。"

"那就好，不当真就好，你不要小看了这个女孩子，她不简单的。"

丁岚松口气，又说："她把你送她礼物的事给很多人炫耀，搞得朋友们都把她当你的情人看。"

从卫生间出来，祝况有些怔忪，但是很快就被酒的甘醇和酥油微微的膻味重新带回了昏沉。在最后一点残存的清醒里，祝况用尽力气去抓紧自己心中那些对于爱情对于纯洁的最后忠诚。祝况动情地想，爱人已经离去，爱情与纯洁，以及一些高尚的约束，也让它们离去吗……

后来大家围着一架庞大的木质转经筒跳起舞来，手拉着手，脚步蹒跚地转着圈。又有其他的客人参与进来，于是拉起的圈子越来越大。无数圈后，就有人在辽阔的藏族音乐中纷纷倒下，拉着的手相互分离。但是祝况的一只手却始终被牢牢地攥着，因为那只手一直攥在杨如意的手里。

祝况就是这样一只手被杨如意攥着搀扶进了丁岚的办公室。丁岚的办公室里有床——酒吧是昼夜颠倒的地方，她有时候会在这里休息。丁岚目送着他们跌跌撞撞地进去，就转身去安排把其他的朋友们安全送回各自的家了。

杨如意不是第一次。

她曾经有过一个男朋友，是一个长得像金城武的男孩子，恋爱中，这个长相体面的男孩子做出过一些不是很体面的事，给她造成了伤害，年轻的爱情很容易就呈现出狼藉，从而改变了她对世界的一些态度。在一切都没有改变的时候，杨如意是不会把目光投射在祝况这类男人身上的，不是他们不好，是一个年轻女孩子的爱情，在本质上不会偏向这条路子，她们的爱情一开始总是颠顸的，裹在无知无畏的壳里，旺盛、鲜润、充满挫折。但是转变却发生了。现在杨如意祈望能够和祝况这类男人建立起关系，他们稳固，几乎已经是雷打不动地站稳了男人的脚跟，有一定的地位，是一种真正的体面。至于年龄，在这个社会，还会是问题吗？比如祝况的太太，不是就飞向了比自己小许多的温哥华男人吗？

祝况醒来时窗外已经露出了晨曦。当他看到身边的杨如意时，第一个动作就是迅速地将毯子拉好，把自己向两边坍塌下去的肚皮盖严，然后，用手去整理自己那缕薄薄的长发。

杨如意是醒着的。她把身子贴过来，一条圆润并且沉重的腿，亲昵地搭在祝况的胯上。那种紧绷绷的敦实的感觉在祝况的身体里又一次蔓延开来。祝况感觉自己是如此的浑浊，体温都是那种不清洁的温热。而身边的这个女孩子，她的肌肤是凉爽的，丝绸一样地干净，在晨曦中闪烁着健康的光泽。

"……对不起。"祝况像是在喃喃自语。这句话当然是可笑的。

杨如意温柔地俯视着他，用手去轻抚他头顶的那缕薄发，拨弄它们，然后去吻祝况的秃顶。

这样的动作有力地加重了祝况的脆弱。他慢慢地去正视眼睛上方的这个女孩子，心中涌起巨大的悲伤。他艰难地克制住自己将头埋进她胸中的渴望，重新移开了目光。但是那山丘一般的双乳居高临下地垂悬在他的头顶，时刻会覆盖下来将他彻底地埋葬。

"我……不能给你什么承诺。"

"……为什么？"

"我只是喝醉了酒……"

"你……是说你不知道自己在做什么吗？"

杨如意错愕了。她认为这是一个不体面的借口，是这种情景下千篇一律的一个托词，以前那个长得像金城武的男孩子就有过类似的表演，卑劣、庸俗，很伤人心的，它不应该从祝老师的嘴里说出来，祝况即使要摆脱她，也应该说出其他令人耳目一新的理由。沉默了片刻后，杨如意执拗地说：

"可是，你送我礼物，你主动对我说：来，和我一起喂鸽子！"

祝况看着窗外逐渐亮起来的天色，想起倪裳走之前的最后一个夜晚，她也是这样俯在自己的上方，自己的脸埋在她饱满的双乳间，呜咽着问：

"你走了，我该怎么办？"

那时候倪裳仁慈地拥紧他，像逗孩子一样地逗他开心。

倪裳说："你可以去广场喂鸽子啊。"

祝况陷入回忆里，他心无所属的样子令杨如意愤怒。她毕竟还年轻，在重要的时刻，难以调整自己的情绪。

"我在问你，为什么？"诘问的同时，杨如意陡然掀开了他们身上的毯子。

祝况温热的身体袒露在灰白的晨光中，肚皮像一面瘪下去的鼓，松弛地摊开着，头顶的那缕薄发被掀起的风吹上了眼帘。

透过那缕薄发，祝况依稀看到窗外有一只仪态万方的鸽子，扑棱着翅膀降落在了窗台上。

祝况在一瞬间模糊了双眼。他颓然地说：

"因为，我在等待那只放飞的鸽子回家。"

二

在这个春天，时装店里的那个女人是少年眼里唯一的春色。这家时装店的生意并不怎么好，少年经常可以看到那个女人无聊地站在店门外。有时候她抓着一把瓜子在嗑，瓜子皮被她吐向空中，超出了正常的范围，显然她是在做着一种游戏了；有时候她什么也不做，就那么傻站着，看广场上形形色色的人，看着看着，会不由自主地咧着嘴笑。少年觉得这个女人是整个广场最美的风景——她一点也不矫揉造作，不像那些游客，都像是在表演。她有时候也会来他的小摊买东西，一包口香糖，或者一瓶矿泉水什么的。这个时候，少年就会一阵慌乱。他垂着头，不敢正视她那几乎要塞进他眼睛里的胸部。直到她已经转身离去，少年依然无力抬起自己的头。在少年的眼里，她太饱满了，只有拉开一定的距离，自己的眼球才能盛放得下。只有在那种合适的距离下，少年才能松弛地遥望。时装店前经常会落满鸽子，少年遥望过去，觉得这个女人渐渐地也形

153

似一只矫健的鸽子了——"她们"都是那么鼓鼓囊囊的!
少年对自己的想象感到满意的时候,会笑着骂一句:

"妈的,避孕药!"

这句话是这个春天少年内心一切情感的最高表达,囊
括了他所有的愤怒和喜悦之情。

那天,少年目睹了几个混混溜进时装店里,明目张胆
地抱起一堆衣服跑掉了。他有一瞬间的冲动,从摊位上抓
起了一把刀子——精美锋利的刀子是兰城的地方特产,兰
城街上许多小摊都躺着它们华丽的身子——但是,少年在
那一天最终没有冲过去拦截那几个蟊贼。因为他看到那个
女人正在抛撒着金黄的玉米。鸽子在她的身边起舞。她的
动作优美到了夸张的地步,在少年眼里,宛如舞台上虚假
的表演。她是在表演给身边那个穿牛仔裤的家伙看。这真
恶心!少年啐了一口:

"妈的,避孕药!"

然后,他以一种幸灾乐祸的态度看着那几个蟊贼逃之
夭夭了。

当那个女人跑回店里时,少年的心情却沉重下来。女
人对着空空如也的货架发呆的样子,让少年一阵心酸,觉

得她受到的惩罚太严厉了。她又出来了，站在店门外左顾右盼，嘴半张着，似乎想在阳光中看到她失窃的物品从天而降。少年深沉地呼吸着，将手里的刀子紧紧攥住。他后悔了，因为刚刚没有拔刀向前而懊恼。后来，时装店的老板来了。少年看到他们争吵一番后，那个女人雄赳赳气昂昂地阔步离开了。她那副骄傲的样子，让少年有些糊涂，开始胡乱猜度她在时装店里的角色。

第二天，时装店里换上了另外一个女人。少年这才意识到，广场上那道最美的风景已经被解雇了。少年感到心如刀割。

但是下午的时候，女人又像只花蝴蝶一样地翩然而至。她没有再走进时装店，她站在少年的摊位前，要命地压迫着少年的神经。她似乎在等人，既显得悠然自得，又显得焦虑不安。有一刻，她抬手撩自己的头发，腋下青青的一片让身后的少年一阵天旋地转。

她等的人终于来了。果然是那个被牛仔裤包紧屁股的中年人。他们说了些什么少年一概没有听清楚，尽管近在咫尺，但是少年陷在一种失聪般的境地里。他觉得世界仿佛与自己无限隔膜。少年的眼睛里飞舞着鸽子的羽毛，嘴

155

里有股酸涩的滋味。直到他们结伴而去时，少年才吞下了一口酸水，脱口而出：

"妈的，避孕药！"

从此，女人在广场上消失了，这个春天在少年眼里于是就变得一无是处了，很荒芜。

中年人倒是每天依然来到广场上，按部就班地用一小袋玉米去哄骗鸽子们，并且恬不知耻地一哄就是一个下午。少年觉得这个家伙悠闲得简直令人发指了。少年想，自己这样一个本应坐在学校里读书的人都要辛劳地操持小买卖，他凭什么可以这样不务正业？少年对这个家伙厌恶透了。他甚至将这个中年人与广场鸽的现实联系在了一起。他想，这样的家伙，就像那些大腹便便的雄鸽，正是因为了它们的存在，有多少雏鸽被人为地闷死在了蛋壳里，它们挤占了生存的空间，毫无节制地繁殖，只有避孕药才能够遏制住它们肮脏的态势。

有一次，中年人接了一个电话后匆匆离去了，就是这一次，少年跟踪了他。少年把自己的摊子委托给别人，死死地盯着这个家伙。中年人先去了一座小区，可能是他的家吧，出来后，已经换上了一件新的T恤，手里还拎着一盒精美的礼品。少年觉得他真的是油头粉面。

最终，跟着这个家伙，少年如愿以偿地看到了那个女人。这似乎是在少年的意料之中，同时也正是他此次跟踪所要达到的目标。起初，少年甚至不太能认出那个女人了。她变了！少年在心里说，她变了！可是具体变了哪里，少年却总结不出来。少年只有在心里响亮地抱怨：

"妈的，避孕药！"

他们坐在一家西餐厅里，透过临街的茶色玻璃窗，刀叉和器皿都有一层血红的颜色。他们喝的那种酒，更是红到发黑的地步了。她时而在笑，时而眼睛里又蒙上了泪光。其间中年人离开了片刻，也许是去撒尿？少年看到她一个人坐在那里，手指轻轻地点击着桌面，脸上是种若有所思的自得表情。后来他们从餐厅里相挽着出来时，少年更换了自己的跟踪目标，他紧跟其后，也打了辆车，尾随那个女人而去。

少年落实了那个女人的住处。令少年高兴的是，女人的家和他的家居然那么相似——它们都坐落在那种工厂家属区风格的楼群里，同样地破败，同样地陈旧，甚至，连那种在春天里发出的上个世纪的气味都那么一致。

从这天起，少年基本摸清了那个女人的行踪。通过几次有计划的尾随，少年知道了女人如今工作的地点，那是一家藏族风格的酒吧，怪模怪样的门面让少年非常憎恨。女人的作息规律也被少年掌握了。她工作的时间是在夜里，这恰好和少年的买卖不相冲突。少年白天依然在广场上经营自己的小摊，到了夜里，他便准时地来到那家藏族酒吧的门前。

少年坐在黑夜里，他通常会买一瓶啤酒，很有耐心地喝着，隔着一条马路，看着一些人在对面那扇光怪陆离的大门里进进出出。

少年坐在黑夜里，直到她下班后，从那扇门里出来，坐进出租车里扬长而去。这时候已经是深夜了。少年拍拍屁股站起来，有时候吹着口哨回家，有时候把脚下的空啤酒瓶一脚踢飞，来一句：

"妈的，避孕药！"

在这个春天，这一切成了少年的寄托。好像有谁给他布置了一项任务，那就是，他是在奉命监护着那个女人。既然是监护，少年在每天夜里都怀揣着一把刀子了。

可是，那天夜里，女人没有如期走出酒吧。

少年坚守在自己的岗位上。之前他看到那个中年男人走进了酒吧，意识到今夜可能会有些非同寻常。春天的夜晚还是有些冷，后来少年缩着身子睡了过去。是一阵风把少年刮醒的，他打了个激灵，睁开眼睛就看到有个女人从自己的身边跑了过去。这时候已经是晨曦初升的时刻了。少年迷惘地呆愣了一会儿。他先是回忆出了自己此刻坐在路边的原因，接着，他张望那个已经跑出去十多米的背影，发现原来是那个女人。女人的屁股在跑动中摇摆，显得非常有力，看得少年目瞪口呆。少年依然不是很清醒。他站起来，舒展自己酸痛的筋骨。他一连挺了三下腰。接着，他原地蹦了几下，并且大口地呼吸着清晨的空气。当做完这些动作后，少年的目光落在了酒吧那扇洞开的大门里，它在晨曦中大张着嘴，好像也在贪婪地呼吸着清晨的空气。少年把自己的脖子扭了扭，听到脖梗发出骨头粉碎般的嘎吱声。然后，他迈步走向了那扇门。

三

　　杨如意回家后就蒙头大睡了。

清晨她从祝况的身边跑开，其实是一种刻意的姿态，她想让自己显得悲伤些，像一个受到伤害后的女孩子那样凄楚。她慌乱地穿衣服，系胸罩时努力了半天都无法系好；裙子的拉链也成了障碍，居然卡住了，不能完全拉到头。一切都那么凌乱和悲苦。当她跑出酒吧时，心里真的被自己弄出了一些绝望的情绪。然而回到家后，她一下子就松懈了，好像经历了一场艰辛的表演，身心都疲惫不堪。

两个小时后母亲将她从梦中吵醒了。她正要发火，却看到了母亲身边的警察。

杨如意被带到了公安局。尽管警察觉得已经把事情对她说得很清楚了，但她还是一副懵懂的样子。本来应该是人家问，她来答，可是现在搞反了，变成警察不断地向她解释。后来警察不耐烦了，啪的一下摔给她一张照片，使劲指在上面说：

"你自己看！"

杨如意定神看过去，即使没有立刻领会这张照片的精神，也依然尖叫了一声。

照片上那个谢顶的中年男人张着嘴，里面涌出固体一般的深色泡沫。他显然是死了，因为他的脖子上插着一把刀子。其实，杨如意的注意力并没有完全放在照片的主题上，恐惧感自发地将她的注意力转移了。此刻，吸引着她目光的是照片中一个微不足道的细节。她麻木地看到，在这张照片中，有一根灰白色的东西焦距模糊地飘浮在镜头里。当她全神贯注地去凝视时，她发现，那原来是一根鸽子的羽毛。不知道为什么，当她认出这根羽毛后，心里比认出一具尸体更加惊心动魄。她想要失声惊叫，但发出的却是一声凄厉的哭泣。

平

行

自从退休那天起，他就开始思考"老去"的含义。其实，很久以来，"老去"这个事实已经在他身上悄无声息却又无可置疑地发生着——不知道何时，他已经变成了秃头，性欲减退，眼睛也老花了。但对这一切，他都视若无睹。他罔顾秃了的头和老花了的眼睛。在他的意识里，这些细节只是"老去"的外衣，顶多算是表层的感觉材料，而"老去"应该是某种更具本质性的突变，生命由此会有一个质的翻转——就像扑克牌经过魔术师的手，变成了鸽子。

　　这种偏执的思维方式也许来自他的职业。退休前，他在一所大学里教书，尽管他教授的是地理这样一门看似刻板的学科，但却并不妨碍他养成了那种善于抽象性思维的习惯。他习惯于对大千世界进行去粗取精、去伪存真、由此及彼、由表及里的分析。

　　退休意味着老年的正式降临，一种源自生命本身的紧迫感随之而来。他认为自己必须面对这个重大的问题，想清楚它，从而全面、客观地把握它。如此一来，就像一个浸泡在水里的人，自己却对水温毫无体察，他已然身陷在老年的岁月里，却孜孜以求着老去的含义。

老去是怎么回事呢？他绞尽脑汁地想。这成了他退休后的一门功课，每个夜晚入睡前，每个清晨醒来后，他都会在心里向自己发问。有时候，内心的诘问不自觉脱口而出，还会令他像一个真正的老人那样喃喃自语起来。这样的时候，他不免要梳理一番自己的生活，但生活本身却并不足以给出他所认可的答案，那无外乎就是由"秃了头、老花了眼睛"这样的碎片般的材料构成的浅显的表象。而他，需要的则是一个本质性的结论。

日复一日，十几年过去，中风袭击了他。好在救治得及时，并没有给他落下格外影响生活的后遗症。在床上瘫痪了一段日子后，他只是变得有些老年性痴呆了。最初他记不清亲人的名字，后来干脆需要时时反复回忆才能记起自己的名字。十几年来困扰着他的那个问题却历久弥新，始终盘桓在他的脑袋里，以至于有时他会突然口齿不清地向着虚无发问：老去是怎么回事呢？中风清空了他的脑子，只留下了这个唯一的问题折磨着他。原本堪可承受的冥想变成了备受煎熬的拷问；然而事物却总是有两面性，这个问题同时又激发了他几近告罄的记忆力，让他以此为基点，有限地恢复了一些脑力。

春天里的一天，就像醍醐灌顶了一般，他想起了自己的一位老同事。他们都是"困难年代"毕业的大学生，就读于同一所著名的大学，不同的只是一个学了地理，一个学了哲学。毕业后他们分配到了同一所学府，后来一度又结伴被"下放"到边远地区。共同的履历让他们成了心有戚戚的朋友，尽管平时交往不多，但彼此之间却都怀着一份默契。他不记得已经多久没有联系过这位老同事了。如今，对于具体的生活，他顶多只保留两天左右的记忆，两天前的事情对他的记忆来讲都是遥不可及的。但他觉得这并不重要。重要的是，现在他终于想起这位教授哲学的老同事了，由此唤醒的记忆接着提示他，这位老同事睿智、深刻，差不多就是那个问题完美的回答者。他决定去向这位老同事请教。他让儿子送他去这位老同事家。其实他们住得很近，都在学院的家属区里。具体方位他当然是记不得了，好在他的儿子对一切都还算熟悉。在儿子的陪同下，他登门拜访了这位老同事。

老同事鹤发童颜，腰背挺拔，但精神却有些萎靡。对于造访者的到来，老同事并没有表现出太大的热情，甚至还流露出了某种令人难堪的冷淡。老同事甚至都没有给造访者让座。

　　他自己落座了，一时却不知从何说起。他的儿子为此显得有些尴尬，站在父亲身边向主人问好。

　　"我一点都不好，"老同事居然生硬地回答，"你不要跟我说普通话，你的普通话说得一点都不标准。"

　　"伯伯您真幽默。"他的儿子只好讪笑着给自己找台阶。

　　老同事不再理睬他的儿子，转而看向他。"你怎么变成这副样子了？你都不知道自己擦口水了吗？"老同事就这么刻薄地向他发问。

　　他下意识地揩了一下嘴角，果然有口水抹在了手指上。他感到有些羞愧，同时也生出了一股冲动。"退休这么久了……"他说，"有个问题我始终没有搞明白。"他的口气好像是在为嘴角溢出的口水辩护。

　　可是，老同事一点也不接受他这样的辩护。"你从来就没有搞明白过什么，"老同事不屑地说，"你只知道经度和纬度这些没用的知识。世界的本质是什么，你何时搞明白过呢？"

关于"世界的本质是什么"，"下放时期"他们有过激烈的争论。那时他们都很年轻，在繁重的劳动和"触及心灵的检讨"之余，私下里一个以地理学为武器，一个以哲学为武器，各自立论，相互辩难。这是支撑着他们的精神生活。从那时候起，哲学便对地理学充满了蔑视。但他从未因此恼火过，这不仅仅因为那是一个哲学强势的年代，还因为，从年轻时候起，他就是一个温文尔雅的人。他的这种性格，维系住了两个人之间的友谊。而且，"下放时期"他们所蒙受的一切困厄，似乎用哲学来分析更能够给予他们撑下去的理由。"下放时期"的哲学是那么有效！为此，他在心底是对这位老同事怀有敬意的。

"你说得没错。"他像个小学生那样地态度端正，"但现在我对一切问题都不关心了，我只关心一个问题。"

"什么问题？"老同事似乎被勾起了一些兴趣，"人在四十岁就应该不惑了，你都老成了这样，差不多活了两个四十岁了，居然还有问题！"

他看出了老同事的兴趣，却不急着说了，顽皮地揩着自己的嘴角。

"我对你的问题毫无兴趣！"老同事干脆任性地说。

"好吧，"他用妥协的口气说，"我的这个问题就是有关老年的——"

老同事翻着眼睛。

"老去是怎么回事呢？"他顿了顿，严肃地说出了他的问题。

"这会是一个问题吗？"老同事的这句话他太熟悉不过了，他们曾经无数次在这句话的提领之下开始对话。他想，如果不出所料的话，老同事下面大约又会说起康德或者海德格尔的名字。记忆像沙尘一般涌进他已经萎缩了的大脑，每一个能够被他记起的瞬间都像一颗颗粗糙的砂砾。但是，老同事接下去的话却令他感到了意外。"这难道不是一目了然的事吗？"老同事出其不意地问道，"——你早晨还会勃起吗？"

"勃起？"他喃喃地重复了一遍这个词。

"二十岁每月六次，三十岁每月七次，五十岁五次，七十岁两次。"老同事屈指对他数算道，"明白了吗？老去就是这么回事儿！"

"哪里有这么简单！"他激动起来了，觉得这笔账跟"秃了头、老花了眼睛"一样，都是些障人眼目的把戏。

　　"射精次数二十岁一年一百零四次，其中自慰四十九次，三十岁一百二十一次，自慰十次，五十岁五十二次，自慰两次，七十岁二十二次，自慰八次。"老同事兴致勃勃地继续着他的计算，劈头向他问道："你现在一年自慰几次？"

　　"没有，我已经很久不做这种事情了……"他支支吾吾地回答，开始拼命回忆自己最后一次自慰是在什么时候。

　　"那你已经老得不能再老了！"老同事大声训斥道，"老去就是这么回事儿！"说完他扭身离开了客厅，好像已经愤慨到了不能自已。

　　这组如同方程式一般玄奥的数字令人眩晕，主人已经离去的客厅里依然回旋和充斥着数字的风暴。他惊诧莫名，感到匪夷所思。用数字来说明问题，从来就不是这位老同事的风格啊，这更像是他的强项。他不知道教授哲学的这位老同事从何处得来的这些数据，仅仅这份记忆力就令他自愧不如；同时，"很久不做这种事情了"的认识，也令他突然感到了隐隐的伤心。这个认识以前他也有过，

171

和"秃了头、老花了眼睛"这样的现状一同出现在他的意识里。但那时他的心是麻木的，并不会为之所惑。他不知道为什么此刻自己会因为这个事实而伤心，他想，也许这组数据从一个学哲学的人嘴里说出，才格外地令人惘然吧！老了恐怕就是这么回事吧？——一个哲学家开始例数勃起和射精的次数，以此来雄辩地说明问题。

"爸爸，我们走吧！"主人一去不回，他的儿子终于忍不住对他说。聆听了这样一席话后，他的儿子显然有些无所适从。

他还陷在沉思里，嘴角的口水一直滴到了胸前。这时候老同事再次回到了客厅，脸色依然有些激动之后的潮红。老同事直接向他走来，把手搭在他的肩上。

"对不起，"老同事说，"我是有些粗鲁了。那组数据是以美国人为对象做的统计，可能和我们会有些差异。我也是刚刚在一本画报上看到的——就在你们进门前。"

他没有接话，他觉得对方还有什么话要说。

"好吧，这都不重要。"果然，老同事声音低下去说道，"我太太上周刚去世，我情绪很不好。"

"哦，"他由衷地说，"真是件让人难过的事。"

老同事站在他的身边，搭在他肩上的那只手在微微颤抖。"太难了，我们在一起生活了快五十年了，我根本没办法适应没有她的生活。"老同事脸颊搐动，忍不住抽泣起来，"没有她，我连自慰的兴趣都不会有了！"

他看到自己的这位老同事哭了。这个桀骜的哲学家，这个从来蔑视经度和纬度的人，在丧妻的悲痛里哭了。这好像让他此行得到了一个答案。老了恐怕就是这么回事吧？但他还不能完全被说服，他只是隐隐约约感到了一丝烛照般的光亮。他无法感同身受地理解老同事的悲伤，他觉得这一切还是和他有些隔膜。因为他在四十岁的时候就和自己的妻子离婚了，他无从以丧妻这样的处境来参照"老去"的真谛。

当天晚上，他临睡前的最后一个念头依然是那个问题；第二天清晨，他同样依然被那个问题唤醒。甚至，和老同事见过一面后，他想要解答这个问题的愿望变得更加强烈了。老去究竟是怎么回事呢？它居然可以将一个学哲学的家伙改造得那么脆弱和失魂落魄！

昨天的拜访给了他灵感，他自然地想到了自己的前妻。虽然生活在同一座城市里，他和自己的前妻却三十多年都没有见过面了。尽管人海茫茫，尽管世事无常，但身在同一座城市却彼此经历这么漫长的间离，不能不算是一个小小的奇迹。三十多年，几乎是将他的岁数对折了一下，前妻如今在他的记忆里完全算得上前世一般的存在。那么，他想去造访自己的前世，以此来观照垂暮之年的自己。没准，对那个问题的回答，就藏在他与昔日妻子的重逢里呢。这个念头让他兴奋不已。他十分迫切地想要见到自己的前妻，看一看那个女人老去之后会是什么样子。

他的儿子依然和自己的母亲保持着联系。当他将他的愿望讲给儿子时，儿子并没有表现出多大的诧异。他的儿子是位公务员，已经有了一定的级别，身上有着一种他和他前妻都没有的冷漠气质。

"好吧，我来安排。"他的儿子说，"你们是该见见面了。"他的儿子为什么这样说呢？潜台词无外乎是——既然你们所剩的时间都不多了。"下周日吧，其他时间我没空的。"他的儿子说。

其实他恨不得立刻就实现与前妻的这次见面，他认为，这次见面，没有儿子在场可能效果会更好。但是如今他离了儿子就寸步难行。如今，除了在小保姆的陪同下偶

174

尔出去散散步外，他已经很久不曾出过远门了。这里所说的"远门"，不过是指学校家属区大门以外的地方。中风以后，他不但腿脚迟钝，连大脑都是迟钝着的，只身一人，他会走不动，会记不得路，会迷失在无尽的"远门"里。他只有按捺住自己急迫的心情，等待"下周日"的到来。对于自己如今的状态，之前他从来没有抱怨过，即使中风康复期瘫痪在床上的那些日子，他也不曾为自己行动的不便而沮丧。他不觉得一张病榻和一个世界有多大的差别。他是教授地理学的，世界的物质形态早已经令他厌倦。但是这一周的等待却令他生出了绝望感。他终于认识到了，随着年华的老去，他正在逐渐丧失独立自主的人格。他只能仰仗他人，必须仰仗他人，被搀扶、被引领，否则，他压根无法自由地去回溯他的从前。

儿子将他的这次回溯安排在一家星巴克咖啡店里。当天他特意换了一身西装，打了红色的领带，还刮了胡子。兴奋的心情让他仿佛变了一个人，思维和行动都敏捷了不少。他乘着儿子的车来到了约会的地点。前妻却姗姗来迟。等待的过程中儿子不断接听着电话，一副日理万机的样子。

"有事的话你就走吧，到时候来接我就行。"他对儿子说。

他的儿子狐疑地看着他。"也好。不过我还是有些不放心，"儿子调侃着说，"万一你们打起来怎么办？"

"怎么会。"他难为情地笑了。

"现在你可不一定能打过她了，她很健康，天天跳广场舞呢。"他的儿子说。

"怎么会。"他再一次温和地说。的确不会，他一直是一个温文尔雅的人，即便当年闹到离婚的地步，他也没有对自己的前妻动过一根手指头。

儿子像是得到保证后松了口气。"那好，两小时后我来接你。两小时够吗？"儿子问。

他矜重地点点头。

儿子刚刚离开，前妻就出现在了他的面前。她的出现令他眼前一亮。这也许和她的着装有关，她穿了一件亮度很高的明黄色的风衣。看上去，眼前的这个女人居然还有着一种毫不勉强的风韵。尽管，这种风韵是一种老年女性的风韵，但性别的因素依然在她身上熠熠闪光。她没有像大多数老人那样，活成了平庸而中性的人。并且，在他眼里，前妻的风韵中还有着一种别样的威仪。这真是一种奇怪的感觉，即使在他脑力丰沛的时候，对于这个女人，也从未有过"威仪"的感观。前妻的职业是舞蹈演员，年轻的时候，性格就像她的腰身一般柔软，"威仪"压根就和她扯不上关系。

直到前妻在他面前落座后，他才找到了这股"威仪"之感的来源。他的前妻随手拎着一把雨伞。坐下后，这把雨伞自然地搭靠在她身后的落地玻璃窗上。这是一把老式的雨伞，黑色，紧紧地卷着，收进细长的套子里，笔直而又饱满，无端地令人确信当它展开时一定浑圆开阔，足以遮挡所有的风雨。是这把雨伞，赋予了一个老年女性以"威仪"之感，它就像一把随身携带着的、彰显身份的佩剑，充满了自尊的意味。前妻和一把雨伞同时款款地呈现在他眼前，背景是咖啡店落地玻璃窗外明媚的街景。在这样一个晴朗的春日里，她干吗要带着一把雨伞呢？他想。

时隔三十多年后，曾经的一对夫妻开始对话，而话题，却是从一把雨伞开始。

"干吗要带着雨伞呢？"他率先说出了自己的疑问。对于眼前的这个女人，他显得多么熟稔，仿佛白驹过隙，分离的时光只应该从昨天算起。

"人老了，总会懂得未雨绸缪吧。"他的前妻微笑着说。

话题如此直截了当地进入了他所期许的范畴，让他感到微微地有些头晕。"是啊是啊，我们都老了！可是——"他紧张地说。

"可是一切就像发生在昨天。"前妻打断了他的话，"我刚刚走在街上，心情就像我们离婚的那天一样。我是说，那种感觉就好像不久前才经历过。"

"哦……"他只好咽下已经到了嘴边的问题，本来他已经决定开门见山地向前妻发问：老去是怎么回事呢？它当然不是"懂得未雨绸缪"这么简单吧？

"那一天，我从家里离开，外面下着小雨，除了随身的背包，我什么也没拿，是你追出来给了我一把雨伞。"他的前妻意味深长地看了一眼靠在玻璃窗上的雨伞，"这些，你还记得吗？"

"不记得了。"他诚实地说，"你知道，我中过一次风，记忆力衰退得厉害，许多事情我都不记得了，有时候，连自己的名字都需要想上好半天。"他这么说并不是想替自己辩解，他只是不愿让前妻太失望。这时候，他才发觉"老去"原来可以成为一个很好的理由，在一切问题上用以给自己开脱。

"没关系，"他的前妻大度地说，"我们都老了，即使不中风，有些事情记起来也会吃力。要不是那天发生了后来的事情，我可能也不会记得这个细节了。"

"后来的事情？对不起，我还是什么也不记得了。"他歉疚地说。

"当然，你当然不会记得，这又不是你的错，那件事情你又没有经历。"前妻的语气里含有怜悯的嗔怪。"我走到街上后，遇到了一起抢劫事件。"她煞有介事地说。

他惊讶地睁大了眼睛。

"在街角拐弯的地方，那个男人迎面向我走来。我都感觉到了，他像一头随时准备咬人的恶犬一样蓄势待发。女人是有第六感的，我当时紧张极了。"他的前妻继续说，昔日的余悸浮上了她的脸颊，"他肯定也很紧张，始终盯着我，但奇怪的是，就在我们近在咫尺的时候，他却突然放弃了伤害我的念头。他和我擦肩而过。潜意识里的恐惧已经吓软了我的腿，我根本走不动路了。当我回头去看他时，就看到了那恐怖的一幕——他劈手抢去了我身后一位女士的手包，同时伸手在她的脸上抹了一下。然后他就飞快地跑掉了。时间完全静止了，过了半天，我才惊叫起来。没错，不是那位女士惊叫，是我在惊叫。因为我看到那位女士的脸上绽开了一条猩红的口子，血像喷泉一样涌了出来！"

"哦！"他呻吟了一声。

"真的很恐怖，要知道，这一切本该是发生在我身上的！我本来应该更加倒霉，在那一天，离了婚，还要被劫匪割伤脸！"他的前妻吁了口气，仿佛溺水者从水底探出了头，"我确信，最初他是准备对我下手的，但一个细节令他转移了目标。"

"是什么？"他完全被前妻的叙述攫紧了。

"雨伞，我手中的雨伞，它就像一个护身符一样地保护了我。那个男人企图对我的伤害止步在那把雨伞前。可能他心里做出了权衡，攻击一个手握雨伞的女人，风险会变大。"他的前妻莞尔一笑，"那天的雨很小，我的心情又很糟糕，所以我并没有撑开那把雨伞，只是像一柄剑一样地拎在手里——而这把雨伞，是你追出来塞给我的。"

他分明从中听出了某种感激之情，但这种感激之情是他愧于领受的。"我并没有想到它会帮你这么大的忙。如果知道你离开家后会遭遇这么危险的事情，我一定不会让你走的！"他动情地说。是的，他动情了，但他自己却没有意识到。他只是感到许多回忆被某种深邃的情感所唤醒。他仿佛再一次看到了年轻时候的妻子，看到了她曼妙的舞姿。那时候，她常常在舞台上穿着宽大的束腰长裙……

　　"我也知道你是无心之下做了件天大的好事。"他的前妻怅然若失地说，"但是老了之后，我却不这么想了。我觉得这一切都是天意和宿命，我觉得，这一生，你就是会在严峻的时刻挽救我。这么一想，我们之间所有的恩怨就都冰释了。从此每次出门我都会带着一把雨伞，我把这当成一个纪念或者仪式，就像自己每次走上舞台时先要起一个范儿——"她的手腕优雅地挥动了一下，说道："我不再恨你。"

　　"我也从来没有恨过你……"他嗫嚅着说。

　　"人老了，就是这么回事——会变得宽容，会从自己的经历中发现神的旨意。"不期然，他的前妻说出了这样的话。

老去是怎么回事呢？这是他期望得到的答案吗？他不知道。此刻，他只是被奔涌而来的情感撞击得胸口发痛。当他的目光再次落在那把雨伞上的时候，他痛切地觉得要说那是带鞘的刀剑或者上帝的权杖都完全可以成立。

痛切的感受贯穿了这个周日余下的时刻。

他的儿子准时来接走了他，驱车将他送了回去。父子俩在楼下的电梯口分了手。

小保姆不在家，不知道又跑到哪里去了，这种状况最近时有发生，已经引起了他的儿子强烈的不满。他昏昏沉沉地躺在了床上，过去的时光依然在胸中萦回："困难时期"的爱情，"下放时期"的诺言，"开放时期"的婚变……他被某种懊悔之情所笼罩。他想，同样是老了，为什么他就没有学会宽宥一切？既然他和他的前妻此生是被宿命捆绑在一起的，既然他们共同吃了那么多苦，度过了那么多非常的"时期"，那么为什么还要分离，为什么还要各自孤独地老去……他在这种情绪中睡着了。醒来后已经是黄昏。小保姆依然不见人影，而他却感到了饥饿。他从冰箱里翻出了一袋冷冻水饺，开火煮了吃。然后他又回到了床上。再次醒来的时候，他看到的是自己儿子忧心忡忡的脸。

起初他还有些摸不着头脑，在儿子对小保姆的训斥声中，他才逐渐明白过来。原来他煮过饺子后，又一次忘记了关闭煤气阀门。溢出的水浇灭了火苗，煤气却源源不断地泄漏着。幸好儿子适时而来——分手后儿子总是感到心神不宁，于是决定来看看。这样的事情以前也发生过一次，那次是小保姆回来得及时。这种事情太危险了，平时他还是汲取了教训的，甚至趁小保姆不在的时候有意训练过自己——开了火，然后回客厅转一圈，赶紧再转回厨房，看看阀门关上没有，一看，哦，关上了，可是出了厨房又不放心了，又转回来看一眼。如是来来回回地看，可心里就是不踏实，即便在梦里都觉着能闻到一屋子的煤气味儿。警惕性他是有的。但是今天他又一次犯下了同样的错误。老去可不就是这么回事吗？

盛怒之下，儿子赶走了小保姆——看起来，这个冷漠的公务员似乎有了新的决定。这也怪不得他的儿子，今天儿子若是晚来片刻，悲剧就已经酿成了。门窗洞开着，他的儿子在客厅和人通着电话，具体的内容躺在卧室里的他无从知晓，他只是能够隐约感受到儿子发出的官腔。他有些灰心丧气。空气中依然弥留着淡淡的煤气味，甜丝丝的，有种令人致幻的味道。

当天晚上，儿子破天荒地留下来陪他过夜。他却怎么也睡不着了，心里有些担忧和焦灼，觉得有某件不好的事情即将发生。

第二天一早，儿子为他做好了早餐。他一边默默地吃着，一边看儿子将他的两身换洗衣裳装进了一只纸袋里。随后，儿子驱车将他送到了市郊的那个大院。

他知道这是所养老院，是老人住的地方——他又不瞎，满院子的老头老太太，他还想不出这是个什么地方吗？他不愿意待在这里，心里抵触极了。但是他却突然变得非常消极，以一种漠然处之的态度看着儿子向一些陌生人移交着自己。他的鼻息里似乎还残留着煤气那甜丝丝的、令人致幻的气味。他的脑子像一台老朽的发动机，怎么使劲，也难以发动起来。愤怒和不满只是一个模模糊糊的轮廓，他已经无力调动和感知那些激烈的心情。这一刻，他很气馁，脆弱极了，仿佛是一个对着世界无能为力的儿童，面对加害，只能够坐以待毙。他天真地想，也许儿子只是将他暂时寄存在这儿的，过几天就会接他回家，就像过去他忙不过来时，也会暂时把年幼的儿子放在邻居家一样。

儿子把他安顿好，转身走的时候，他很想大声哭出来。可他看上去却非常平静。这不是因为自尊的缘故，他只是不敢放声哭泣。旁边围着一堆人，到了一个新的地方，他的胆子一下子变得很小了。

这样，他就开始了养老院的生活。

老去是怎么回事呢？这个问题依然困扰着他。尽管现在他满眼都是有关这个问题的答案。养老院里集中呈现着老年人的衰败：痴呆、病态、疯疯癫癫和邋里邋遢，有什么好说的呢？老去不就是这么回事！

这里不好吗？也不是不好，可他觉得他害怕这地方。里面的人对他也不错，见面就冲他笑，伙食也不差，可是他心里就是害怕。有时候院领导视察，挨间房子看望老人，每次他的心里都直打哆嗦，也不知道为什么，反正就是害怕。现在他明白了，为什么儿童们都排斥幼儿园——不是幼儿园的阿姨不好，是儿童们心里害怕。那种集体的、整齐划一的、四列纵队式的生活方式，天然就有着一种粗暴和残酷，完全有悖于人的天性。和他同屋的一个老头，常年卧床。老头睡在墙根，他的铺位在门口。这个老头早糊涂了，每天除了吃就是睡，睡着了说梦话，声音粗得吓死人，而且声色俱厉，看得出是在梦里和人凶狠地吵架；醒着的时候老头就瞪着眼睛看天花板，喉咙里呼噜呼噜的都是痰声，在他听来像是一声一声的恫吓。他都不敢看这个老头，每次偷偷看一眼就赶快把头扭到一边儿去。

难道"恐惧"就是老去的真义？可现实又唤醒了他"下放时期"的那些记忆。那时候他多么年轻啊，可当时的恐惧，又同如今的恐惧何其相似——世界对一个恐惧者而言，如出一辙，都是一个莫测的迷局。这样的类比令他生出了逃逸的心。重温昔日的恐惧实在太令他绝望了。

出逃的前一刻，他收拾了自己的衣服——不过是可以塞进纸袋里的两身内衣。养老院还给他发了一身里面老人都穿的那种衣服，红颜色的，质量还好。他想了半天，该带走还是不该带走？他知道这衣服一定是儿子付了钱的，不是白给他的，那么他就该带上走；可他转念又害怕自己会因此背上偷窃的罪名。为此，他踟蹰了半天，最后还是决定不带走。这个决定有悖于他一贯的节俭作风。他的心里还是害怕。紧绷的神经唤回了他的生命经验，他惨痛地记起，这世界总是会不由分说地给人栽赃。

天气晴朗。他在午休的时候踅到了养老院的大门口。门卫从窗户探出头来，问他干什么去，他镇定地撒了个谎，说儿子一会儿要来，他在门口迎一下儿子。说完他并不敢拔脚就走，他害怕对方看出破绽。他在门口站着，尽量不露声色地一点儿一点儿往外挪着脚跟。他偷眼观察，直到超出了门卫的视线范围，这才放开胆子疾走起来。

关于他这一天的行动，日后他的儿子百思不得其解。养老院在城西，他的家在城东，之间横亘着一座庞大的城市，几十公里的路程呢。他的儿子无法想象，一个随时会忘记关掉煤气阀门的老人，是如何穿城而过，回到了自己的老窝。他已经许多年没有出过"远门"了，活动基本就在距自家一里地的范围内；如今城市日新月异地发展，变化之大，有时候连年轻人都找不着北。他的儿子想不通，他是怎么摸索着走上了归家的路。要知道，他如今连自己的名字都时常想不起来了，他居住的地方，也早已经换了新的路名；他肯定不会打出租车，这已经超出了他如今的智力水平；从养老院出来，最近的公交车站也在几里地之外……但他就是凭着两条腿，凭着某种几乎是神秘的直觉和突然焕发出的如同年轻人一般的体力，误差不大地反复换乘着公交车，用了大半天时间，成功地完成了他的逃离。

那一天，他一路蹒跚着，碰见公交车站就上车。他身无分文，但是没有一个司机向他索要过车票。他苍老的面容就是一张通行无阻的证件。一趟车不走了，他就换下一趟车，每次上车后，都会有人热情地给他让座。其间有一阵天空飘起了小雨，雨丝飘进车窗，令他不免想到了雨伞和手握雨伞的前妻。小雨很快就停了，阳光穿透云层，潮湿的路面闪着微光，世界显得格外明亮。他根本不担心自己会误入歧途。他的心里非常笃定。他好像能闻见自己家里的气味——那股甜丝丝的、令人致幻的味儿。这种气味由远及近，越来越浓，不过是按图索骥，他就知道没错了。就这样，他在这一天顺畅地奔向了自己的终点。

去养老院的时候，儿子开着车，他被不好的预感笼罩着，没有顾上看看车外的景致。这一天，深居简出多年的他，终于有了打量这座城市的机会。在他眼里，这座城市当然已经完全变样了，到处是林立的高楼，公交车一会儿就上了桥，在桥上转个弯，又上了另一座桥。他在这种陌生的、周而复始的运行中犹如滑入了母亲的产道，他觉得，一次新的重生似乎就在不远的地方等着他。这种感觉不禁令他百感交集，眼里不时地盈满了热泪。

他在黄昏的时候回到了自己的家。客厅的窗帘没有合拢，落日的余晖铺在木地板上，防盗窗的栅栏在木地板上洒下栅格状的影子——多像一只鸟巢啊！他欣慰地想。他就像一只归巢的倦鸟一般，跌坐在沙发里，手捧着头，感到了从未有过的疲惫。这样静静地枯坐了许久，直到天色完全暗下来后，他才起身进到厨房动手为自己做了一顿晚餐。他的确是饿极了。冰箱里只有半袋速冻饺子，但他已经记不得这正是自己上次吃剩下的了。

吃饺子的时候，他的心里浮上了某种强烈的不安，但他无法找到自己这种不安的根源。吃完后，他很认真地在厨房里冲洗了碗筷。他回到了客厅，打算看一会儿电视，但是他立刻恍悟到了什么，疾步折回厨房。他看到水龙头是关紧着的，但他还是伸手仔细地又拧了拧。这时他惊讶地发现，自己不过短短离开了几天，却已经有蜘蛛在水槽的边上织了网。这给他的眼前平添了一种废墟的气息，同

189

时也中断了他内心悬着的那股不安。再一次打量了一番关紧的水龙头后，他如释重负地重新回到了客厅，心里有种对某件事情奇怪的不可避免感。

电视还没有打开，茶几上的那部电话却响了起来。

"爷爷，我猜得没错，你果然在家！"话筒里传来孙女惊喜的声音。

他的孙女正在读高中，夏天就要高考了。这孩子很懂事，经常会在晚上给他打来电话，陪他聊几句。他很看重这样的通话，但他知道孙女晚上的学习负担很重，他不能耽误她太多的时间。此刻，他并不能领会孙女的惊喜。

"你吃饭了吗？"他按部就班地问道。

"哎呀你还顾得上问我吃饭没有！我爸找你都找疯了，养老院的人已经报警啦！"孙女快活地嚷嚷着，"可我总觉得你不会跑丢，我猜你一定是回家了！"

"是的是的，我回家了！"他说。

"你是怎么找回去的啊？爷爷我真佩服你，你这是飞越老人院！"孙女一惊一乍地说，"我这就给我爸打电话，让他别在街上瞎找了。"

"不要，你让他再找一会儿吧！"他也被孙女的快乐感染了，"谁让他把我扔到那里的呢？"

挂了电话后，他在一种松弛的情绪下回味着孙女所说的话——你这是飞越老人院！他注意到，孙女使用了"飞越"这个词。他觉得孙女说得真好，他可不就是像一只候鸟一样，自己"飞越"着回来了吗？他感到这个想法有着一种说不出的魅力，让他如同感受到了山重水复之后的柳暗花明。

此刻他觉得自己正在一点一点变得轻盈，僵硬已久的躯体也开始变得柔和，而头颅中却有沉沉的睡意袭来。他仰身躺进了沙发里，闭上眼睛，好让自己更加充分地体会此刻——他下意识地觉得，这将是重要的一刻。他恍惚地想，这一生，自己都力图与大地站成一个标准的直角，如今是时候换一个姿势了，不如索性躺下去吧，与地面保持平行。他觉得自己的身体像躺在云端上飘浮着似的，有种"已经没什么可再失去"的释然之情盈满了胸腔。他在上升，而一个答案在徐徐降临，在某个恰到好处的维度，两者完美地对接了。他的鼻息里弥漫着一股甜丝丝的、令人致幻的气息，好像这气味是从他身体里释放出来弥漫到了空气里的。他深深地呼吸着，深深地松下了一口气。多

191

年来，那个一直困扰着他的问题终于迎刃而解，有了一个答案。

他高兴地想："原来老去是这么回事：如果幸运的话，你终将变成一只候鸟，与大地平行——就像扑克牌经过魔术师的手，变成了鸽子。"

安静的先生

离职后安静的先生开始了自己的迁徙生活。他决定每年冬天的时候，就去温暖的南方旅居。常年生活在北方，他对自己委身的城市已经受够了。但南方春天梅雨的潮湿，他也觉得受不了。考察了几次，安静的先生给自己制订了这样一个候鸟般的计划。

　　深秋的时候，安静的先生整装待发，一俟立冬将至，就奔赴南方。待到来年，惊蛰的时候，安静的先生像从冬眠中苏醒的动物，踏着春天的惊雷，回归北方。至于南方与北方的界定，很简单的，在安静的先生这里，就是黄河流域与长江流域的分别。他委身的省份，是一块不折不扣被黄河横穿而过的土地，而长江流域的面积不小，严格说，毗邻的青海，都要算在里面。但显然，青海不是安静的先生眼里的南方。地理学意义上的这些知识，很折磨人的，安静的先生不耐烦去梳理，只结合着本能与直觉，比附约定俗成的概念，草草在心里制订了蓝图。可不是吗，哪只候鸟会怀揣着一本地理教科书呢？离职后，安静的先生就甩掉了一贯的严谨作风，坚决地让感性压倒理性的那一面，将一切都大而化之，删繁就简，粗粗弄出个轮廓就行了。

第一年，安静的先生去了江苏。他的祖籍在无锡，所以选择江苏开始自己离职后的第一次迁徙，就没什么可说的了。家乡已经没有任何血亲了，起码，安静的先生无从知晓这里还有谁流着与自己同宗的血。眼里的故乡，尽管陌生，但心理终究是要暗示出一些熟悉的。他不免会伤感，有些乡关何处的喟叹。但安静的先生勉力纠正了自己的情绪。他不允许自己伤怀，认为这不符合如今他对自己的要求。他对自己有什么要求呢？那就是，如今，他百无所欲，但求安静。安静的先生在每一个内心起伏的时刻，都会提醒自己的心：安静，请你安静。按理说，有些乡愁，并不会过分有碍一个人的安静，但考虑到刚刚离职这个背景，安静的先生如此约束自己，就不难理解了。他是怕这些貌似正当的情绪会被借助，不可避免地衍化为恋栈怀禄。

安静的先生转身去了苏州，在同里古镇住下来，潜心临摹了一个冬天的王宠，归来时，本就不凡的一笔小楷，愈发精妙了。就是在这里，安静的先生找到了自己旅居的方式。

本来，安静的先生住在一家私人客栈里，倒也不是很贵，由于要常住，店家给了他优惠，统共每月收他两千块钱。住了不足一月，一位当地的老先生和他熟起来，向他推荐自己的家，说也收他两千块，但管饭。

这位老先生日日黄昏要在镇里的思本桥上肃立一回，如是肃立了几十年。就是在这里，他和同样在黄昏中前来流连的安静的先生搭上了讪。当时安静的先生立于桥头，正在以指为笔，在自己的肚子上默书。老先生善书，看出了名堂，这就和安静的先生投缘了。一来二去，两个老人熟络起来。老先生的家同样临水，还搭建了伸向河面的阁楼。安静的先生受邀去体验了一下，立刻就一拍即合，回去收拾了行李，搬进了老先生家。那管着饭的两千块，就只是一个象征，表明安静的先生不白吃白住而已。但安静的先生没有体察到老先生的善待。对于金钱，以及金钱的市值，安静的先生缺乏实践性质的体会。他也懂GDP，也懂CPI，只是不懂两千块钱在同里包吃住意味什么。所以安静的先生安之若素，平静的心没有丝毫波澜。

其实他是有些冒失。三言两语，就住进了一个陌生人家，难怪他的儿子要在越洋电话里替他担心：

"您知道这家人底细吗？住私人客栈我都不放心，您这可好……"

安静的先生摁了手机，不愿听儿子的聒噪，保守着内心的宁静。这家人的底细？有什么呢？安静的先生觉得是一目了然的：一个退休多年的老先生，儿女都在苏州，只一个在镇里做导游的孙女陪在家里。"国泰民安的！"安静的先生在心里向着异国的儿子咕哝了一声。想一想也是，要说冒失，这家的老主人比他还冒失。平白无故，就领回一个老头，连吃带住的只收一个象征性的两千块，连赢利的目的都说不过去，何苦来哉？当夜，安静的先生就听到祖孙俩在外屋说起来。孙女当然是在埋怨，有一句没一句的被安静的先生听到。大意无外乎是说人心不古，爷爷老糊涂了。

老先生吼了一声："哪有那么多鬼！鬼都是人心里生出来的！"又压低了声音，说，"小小年纪，你不要那么复杂！"

安静的先生心如止水，对因自己而起的争执充耳不闻，蘸着茶杯里的水，在茶几上写王宠的句子：水怀丽泽兑，时歌角弓篇。

老先生的确心里无鬼。对安静的先生，他根本没有过多的打探，两个人甚至互相连姓字名谁都没有多问，说应该是说了，只是彼此之间几无称呼，不过点头示意，开口讲话，就忘了姓字名谁这回事。这一点，很令安静的先生宽慰。如果遇到的是一个饶舌之人，即使连两千块都不收，他也不会跑到别人家里来。两个老人的媒介是王宠——这位同里名人、明代的大书法家，穿过五百年的时光，使两位爱书者在这个冬天惺惺相惜，结伴数月。当安静的先生在黄昏中流连桥上，以指画肚时，他们之间便犹如打了暗语，接上了头。

在这个南方的冬季，安静的先生获得了自己迄今最为安静的一段时光。笔墨是现成的，茶饭是清淡的。在安静的先生心里，还额外加了两般好：无丝竹之乱耳，无案牍之劳形。白天，两位老人伏案摹写。老先生的一笔行草不激不厉，颇得王宠神髓。安静的先生也不简单，笔随心走，亦是疏淡秀雅，直追前人。日暮时分，二人并肩立于桥上，拍遍栏杆。安静的先生觉得，岁月静好，现世安稳，已经在自己的眼前徐徐呈现。

住到来年惊蛰，安静的先生与主人作别。二人以书结缘，自然以书为别。安静的先生临了王宠的《游包山集》，老先生临了王宠的《自书五忆歌》，二人互赠，多余的话依然是没有。只是在最后的时刻，安静的先生坐在开往上海的大客车里，朝着车下的老先生挥手时，不自觉又是一副矜重的派头了。这个不由他的。车外在下雨，车窗上雨水纵横。老先生举着把伞，冲着窗内朦胧不清的安静的先生耸了耸伞尖。

飞回北方后，安静的先生在自己的皮包里发现了一沓钞票，恍惚了一阵，才觉醒，老先生这是将他的住宿费全还给他了。安静的先生有些感动，生出给人家寄回去的念头，但苦于没有一个确切的地址。这件事，如果安静的先生坚持去落实，还是不会太费周折，有人会给他办妥的。但离职后，安静的先生就给自己立下了规矩：不再因为私事动用以前的任何权力。最后，一个两全其美的办法被安静的先生想了出来。他亲自去了一趟红十字会，将这笔钱捐了出去，名字呢，安静的先生留下的是：王宠。

第一次南徙堪称完满，愈发坚定了安静的先生去做一只候鸟的心。

第二年，安静的先生去了江西。有了上一回的经验，他打算在当地租间民居住。不是付不起酒店的费用，是同里一行，让他落实了自己迁移的模式。他觉得，在一个地方栖息这么久，住在酒店里就仿佛没有接上地气。安静的先生联络了当地的一家中介公司，让对方提前为自己租下一套住宅。同样的，在价钱上安静的先生听由对方张口，他只是提出了一个要求：住宅的窗口，要看得见长江。这种事情，办起来不免琐碎，但就是这样琐碎的事情，居然被安静的先生做成了。在银行给对方的户头打了定金，安静的先生不禁对自己颇为满意。这件事情的办理，对于安静的先生有着别样的意义，说明了在俗世中事必躬亲，他依旧有这样的能力。

由北而南，安静的先生首先飞到了南昌。当晚住在酒店里，他便遭到了电话的侵扰。这让他安静的心倏忽躁烦。安静的先生忍不住摔了电话，依然不能平愤，连连掌击了数下床头的矮柜。换在离职前，他是要追究责任的。安静的先生坐在床上，努力安妥自己紊乱的心，对自己的心说：安静，请你安静。刚刚有所平息，房门又被敲响了。门外站着的，当然是一个女人，横看有十五六，竖看有四十五六。安静的先生知道这是怎么一回事，但他不知道该怎么处理。安静的先生没有处理一个失足妇女的经验。他不知道该怎样开口，训斥和规劝都不恰当，只好不怒自威地挡在门前。女人居然试图挤进来。老实说，安静的先生在一瞬间有些失措。他什么时候遇到过这样的局面呢？

"请你离开！"安静的先生重重咳了一声。这也是习惯使然，以前，每逢在会场上要强调什么时，他都会用重重的咳声打出预先的招呼。安静的先生沉声说："否则我要报警了。"

女人知趣地离开了。也不知是那声咳嗽还是安静的先生声言要报警吓退了她。

安静的先生认为自己受到了侵犯和羞辱。手在微微颤抖。现在，让他不满的已经不是那个离去的女人，是这种尴尬的状况，居然会强加给他。安静的先生不能忍受这种强加给一个人的干扰，觉得这是不合理的事情。安静的心被扰乱了，他打电话给前台：

"喊你们经理来。"

经理很快就来了，不过是一个毛头小伙子，不像一个他心里的经理。听完他简单的陈述，经理不解地看着他：

"怎样呢？你有什么要求？"

安静的先生一愣，难道是自己说得不够清楚吗？这个经理怎么就不能领会他的精神？

"作为酒店的管理者，"安静的先生严肃地说，"你们负有责任！"

经理笑了，一摊手说："这个责任我们可不好负，我们总不能把女人都挡在外面吧？谁知道她们是做什么的？而且，真要挡，连有些男人都是要挡的，那样我们关门好了，不要做生意了。"

"你们不负这个责任？"

"这个责任要你来负的。你不是就负责任地把她挡在外面了吗？"

安静的先生一阵眩晕。少顷，他挥手让对方离开。安静的先生一再对自己默念：安静！请你安静！如是良久，他才打消了进一步打一通电话的念头。

翌日一大早，安静的先生就离开了酒店。连南昌他都不愿待下去。本来他是可以在这里逗留几天的，像一只途经此地的候鸟，盘桓几日。但昨夜的遭遇让安静的先生对这座城市厌恶起来。他决定立刻奔赴自己此行的目的地——九江。为什么会是九江呢？也没有一个非常令人信服的理由，不过是因为白居易。秋天的时候，安静的先生捧读《白氏长庆集》，香山居士被贬江州的史实启发了他。尽管，安静的先生是正常离职，但从江州司马的遭际中，他隐约体味出了某种感同身受的况味。当然，抚今追昔，好像还略显无病呻吟，这有悖于他对自己的要求。但毕竟留下了印象，所以，计划南飞的一刻，安静的先生将目标随机定在了九江。这也说明了如今的他，还是有些盲目的，随心所欲，没有条分缕析、足以说服人的什么动机。安静的先生以为，盲目有什么不好呢？自在而为，恰恰有利于心的宁静。安静的先生不愿再像从前一样目标明确地规划什么。

南昌到九江有动车。安静的先生很久没有坐过火车了。所以，坐在车上，他有一股孩子般的兴奋。这一次，安静的先生任由自己的心波动荡漾。他想起了当年考上大学时第一次坐火车的情形。安静的先生宛如看到了那个当年的自己：单纯、羞涩，满怀着憧憬和离家的伤心，一路上提心吊胆地看护着自己的行李——那口皮箱，是父亲特意买给他的，在当年算得上是一件贵重的家什了，如今丢在哪里了呢？安静的先生不禁怅惘。他动情地安抚着自己的心：安静，请你安静。车上有九江的宣传册，上面印着这样的内容：九江境内的鄱阳湖水域是现今世界上最大的候鸟越冬栖息地。这句话瞬间感染了安静的先生，让他那颗候鸟一般的心仿佛找到了依据。

车到九江，只用了五十分钟的时间。这样的速度令安静的先生感到惊诧。他不是不知道动车的快捷，但亲历一番，毕竟和简报上读来的认识不同。安静的先生想，当年，他离家的时候，是在火车上颠簸了整整三天啊。

按照地址找到那家中介公司，出乎意料的事情发生了。此地依然是一家中介公司，但说了半天，安静的先生才明白，此公司已经非彼公司了。换人了。安静的先生走出店门，抬头看那招牌，果然不是与自己有合约的那一家。那家叫"百亿"，这家叫"百忆"。这两个店名之间神奇的差别，让举头仰望的安静的先生一阵目眩神迷。他感到自己一脚踏在了虚空里。毕竟是安静的先生，多年的历练，已经造就了他的临危不乱。简单分析了一下局面，他不得不承认，自己是跌在了一个骗局里。世风坏到了如此的地步，不能不令他义愤。但眼下他无暇追究，当务之急是，他需要先在这座城市安顿下来，住进一栋窗口看得见长江的房子。接待他的公司职员一边替他的遭遇鸣不平，一边飞快地从电脑上替他找出一长串的房源。

然后马不停蹄地去看房子。房子当然有优有劣，一直奔波到了正午。陪同的公司职员买了盒饭给安静的先生吃。盒饭没什么，安静的先生访贫问苦时，和群众吃过更糟糕的饭食。是吃的方式为难了安静的先生。这家街边的简陋排档，坐落在他们刚刚看过的一栋房子的楼下，说是违章建筑也不为过。而且人满为患。于是，他们只能捧着塑料饭盒蹲在路边吃。一时间，安静的先生不得不再一次说服自己的心：安静，请你安静。他不想继续看下去了，吃完盒饭，就决定重新回到楼上去，租下刚刚看过的房子。

房子不好。三十年前的两居室。唯一符合要求的是：推开北面的窗户，长江便尽收眼底。入冬的长江已经进入了枯水期，江滩裸露着，江面上漂浮着静止的船舶。一瞬间，安静的先生消极到了顶点。进入这座城市，他就不断妥协着，随波逐流地被现实拖拽着走。他不愿意自己的心被激起不满和抱怨，一再告诫自己随遇而安好了。但一再妥协之后，当这幅冬天的江景横陈在窗外时，他还是深深地失望了。

安静的先生有些沮丧。草草签了租住合同，付了全部的租金，他就打发对方走了。一个人枯坐在这栋目前归自己支配的旧房子里，安静的先生恍若禅定。后来他便睡着了。一觉醒来，安静的先生虚汗淋漓。他一动不动地躺在一张老式的木板床上，怔忪地打量着这个陌生的所在。已经是傍晚了，房间里幽暗阒寂，仿佛有氤氲的气流萦动，那股尘封已久的气味扑面而来。安静的先生依次在幽暗中看到了五斗柜、沙发、写字台，还有书柜的轮廓。他突然觉得，时光倒流，这一切都变得熟悉起来。安静的先生似乎回到了自己的壮年。那时候，他在一所大学教书，住在一栋与此情此景近乎一致的二居室里。木板床、五斗柜、沙发、写字台，还有书柜。那种上个世纪的况味，陡然重现。

回到从前——安静的先生在这个冬季，找到了安抚自己内心的理由。他开始在一栋看得见长江的房子里，重温过去的岁月。他租住的这户人家，据说主人举家去了国外，把房子全权委托给了中介公司。从房子的陈设来看，应该许久没有人居住了。好在铺盖是收在柜子里的，除了一股经久不散的樟脑味，倒也勉强可用，只是被子的棉胎很重，压在身上，让人的梦境都沉甸甸的。安静的先生不紧不慢地搞了一周的卫生，晒被褥、除灰尘。随着房子一天胜似一天地清洁起来，他渐渐找到了一些主人的感觉。家务活他有几十年没有做过了，一旦上手，发现自己居然还很在行，这让他甚感喜悦。那时候，他在大学教书，常常和妻子吵得天翻地覆，吵过之后，所有家务就甩在了他的头上。后来，随着他的升迁，吵架和做家务的日子，就都一去不复返了。妻子三年前离世了，死前他还没有学会让自己安静，等他赶到妻子的病榻前时，妻子已经咽了气。咽了气的妻子，眼睛却依然睁着，仿佛下了决心，要和他最后吵一架，把多年来被冷遇了的愤懑一次性地倾泻出来。安静的先生在这个异乡的冬天，一边做家务，一边追忆着自己的亡妻。他当然会安静地总结自己的人生，那些得失与成败，都被他安静地重新界定着。

这些日子安静的先生都是在楼下那家小排档就餐的。

他已经习惯了那样的就餐，人多的时候，很自然地蹲在马路边。后来房子的厨房也被他收拾停当了，他决定自己做饭，彻底地过过日子。他去超市为自己采购了必备的油盐酱醋和大米蔬菜，费了番力气才拖到家。一切就绪后，他却吃惊地发现，这个家使用的仍是蜂窝煤炉子，厨房最上面的那扇窗户，还开着以备穿烟囱的圆洞。可是如今，哪里还有蜂窝煤呢？这个打击一下子挫伤了安静的先生，他颓然地靠在厨房的墙壁上，望着那个圆洞，感到了一股无法说明的悲伤。有一瞬间，他几乎要决定立刻返回北方，回到自己衣食无忧的日子里去。在那里，尽管已经离职，但总有几个人无时无刻不围在他身边。秘书、保姆、司机，最不济，大院里的警卫员还是随叫随到的。但也只是一转念，安静的先生很快就平复了自己仓皇的心。请一个保姆吧？他和自己商量道。

在一家劳务市场，安静的先生替自己找到了一位保姆。之前每一个被雇佣者都严格地盘问着安静的先生。老伯你一个人住吗？家里人呢？您身体有什么毛病？妇女们对一个孤身的老头都很警惕，让安静的先生觉得自己反而像一个待价而沽的。只有这一位很沉默，连酬劳都没有自己的主见，于是就被安静的先生带了回来。她是位中年妇女，不像是乡下人，瘦得惊人，走在安静的先生身边，像一根嶙峋的拐棍。好在做起事来一点也不含糊。当天，她就置办齐了一套新的炊具，一个人将新买的煤气瓶很有气概地扛上了楼。晚上，安静的先生吃到了此行的第一顿家里饭。两个彼此陌生的人对坐在餐桌旁，就着一盏几乎吊在了鼻尖的五十瓦的灯泡。

日子就此按部就班了。安静的先生，这只越冬的候鸟，可以安心地蜗居在南方等待春天了。也的确是蜗居。对于这方胜迹如林的土地，安静的先生并无踏访的兴致。他不是来旅游的，就像上一次住在古镇同里，老先生的孙女就是当地的导游，他都没有因此遍游一番。安静的先生将自己置身异乡，不过是为了回到日常的安静，给自己以往亏欠了的岁月做些人间的补偿。在这个冬天，安静的先生沉浸在对《白氏长庆集》的阅读里。

一个夜晚，有人敲响了房门。安静的先生已经睡下，听到保姆在外面压低了声音和人说话。他没有在意，以为是收水电费的物业人员。但是旋即保姆叩起他的门来。造访者是一位老年女士，一头银发像漂亮的丝缎。此人于昏暗的灯光下，看到从内室里出来的安静的先生，禁不住呜咽了一声，扶墙跌坐在客厅的一张椅子里。安静的先生莫名地打量着对方，直到对方站起来，颤抖着向他靠近时，才威严地咳了一声。这个奇怪的造访者显然很激动，以至于语无伦次。

"你回来了，你终于是回来了，"她说，"我在楼下看到了你家窗户上的灯光……"

安静的先生默默地告慰自己的心：安静，请你安静。他对造访者同样沉声说道：

"安静，请你安静。"

可是，让对方安静却并不容易。她反而抽泣起来，并且伸出双手，试图抓住安静的先生。安静的先生临危不乱，机敏地避开了那双抓过来的手。他后退一步，冷静地向对方指出：

"你认错人了！"

造访者短促地哽咽了一声，说："你好绝情哇！"

这里面有误会，这是毫无疑问的，但安静的先生一时间难以澄清。他看到那个保姆愣愣地站在一边，瞪大了眼睛狐疑地旁观着。

"扶她坐下！"安静的先生命令道。

保姆如梦方醒，从身后拖住了造访者，几乎是将她拦腰抱回了那张椅子。

"把所有的灯都打开。"

安静的先生继续吩咐。

房子里所有的灯都被打开了。造访者凝泪注视着安静的先生，渐渐地，目光散乱开。当她再一次起身靠近时，安静的先生没有回避，而是挺了挺腰，为的是让对方验明正身。造访者再一次猛烈地哽咽一声，转身跌跌撞撞地走了，就像来时一样地莫名其妙。安静的先生本来已经做好了询问与解释的准备，此刻望着洞开的大门，一下子如在梦中。

其后有一天，安静的先生不经意间在窗前眺望江面时，又一次看到了这名造访者。她荏弱地坐在一张水泥凳上，痴痴地凝望着他的窗口。安静的先生不由大吃一惊，那颗安静的心突然有些发虚和紧张，促使他迅速地闪回了身子。这一次，他忘记了约束自己的内心，躲在窗帘后，偷窥着楼下的女士。那天夜里这位造访者来去飘忽，没有给安静的先生留下审视的机会，但此刻，安静的先生躲在暗处，便有了认真端详的方便。她一头的银发，即使遥望过去，都能给人传递出一种别样的风度。看得出，年轻的时候，她一定很美。做如是想，安静的先生感到了一种莫名的快乐。一种尘世中频仍然而于他却是久违了的快乐。

此后安静的先生就常常看到这名老年女士了。她遥望着他的窗口，和身后的长江融为了一幅凝固的画面。经过几次试探，安静的先生认为，她的视力是不济的，其实，纵然他大大方方地立于窗口，对于她，也大约是看不分明的。她看着的，只是一个方向，一个空洞的方向。就像守望着无尽的岁月。安静的先生不由要去猜想了。猜想她与这栋房子主人的故事。不用说，这种专属尘世的故事，许久已经不曾被安静的先生所关注。多年来，他的眼目都是投注在那些所谓的宏观事物之上。这人间的烟火，他已经如此隔膜。现在，一种探幽入微的猜测，渐渐唤醒了他内心某种直觉的能力，唤醒了他碰触世相的微妙警觉。

安静的先生试图在这栋房子里找到一些线索，譬如主人的旧照。但这栋房子就像一栋时下的样板房，看上去一应俱全，却唯独没有人的气息。在那架老式书柜里，安静的先生发现了一本黑壳的笔记簿。它一定很有年代了，款

213

式是那种半个世纪以前的款式，壳面上压印着"为人民服务"，里面的字迹，多少都有些漫漶了。它的主人用一种奇崛的笔法在上面记录着自己的日记，第一页如是写道：

> 激情四溢者乘上了西去的列车，前方，新的生活等待着他。他的行囊是一只昂贵的皮箱，这是父亲特意为他买来的。一路上他小心翼翼地看护着自己的箱子，眼睛总是不由自主地要盯向行李架，看看它是否还在那里。每一次落实，他的心里都会吁一口气，对自己说：哎呀，它还在！就这样，他的心里既欢欣鼓舞，又战战兢兢，开始了人生的征途……

安静的先生被这样的叙述迷惑了，感到这个"激情四溢者"，就是当年自己的写照。安静的先生在这几天冷落了《白氏长庆集》，将目光贪婪地放在了这本笔记簿上。它记录了那个"激情四溢者"的大学生活：入学的兴奋转瞬即逝，接踵而来的，是爱情的忧伤，但那种忧伤尚未足够透彻，突然的饥馑却降临了。"激情四溢者"将自己的皮箱换了粮食，后来，居然和同学走进了火车站的候车室行乞……

安静的先生在阅读中逐渐丧失了安静。忧愁如此绵长，细密地裹缠着他的心。接下来这本日记会记录些什么呢？如果它写得下，那么，捶楚、刑求，一个时代的基本脉络也不外乎如此吧？安静的先生一度想走下楼去，和那位女士沟通一番。她也是从那个岁月走过来的人，安静的先生想和她谈一谈那个岁月，谈一谈那位"激情四溢者"。对于这位造访者的出现，安静的先生将其视为了某种玄秘的启示，她造访的不是这栋他人的房子，而是安静的先生苍茫的老年。他们在时光中不期而遇。这个想法令安静的先生心神不安，他像一个少年般地突然感到了些许的羞涩。安静的先生克制着自己，对自己的心温柔地说：安静，请你安静。他打算还是先读完这本日记再说吧。但"读完"这个念头，也倏忽令他犹疑。他在想，自己这样窥伺他人的隐私，是道德的吗？正在举棋不定，干扰却来了。

这天午后，他的房门被人擂得震天响。保姆打开门后，就惨叫了一声，回头疯了一样地跑进了内室。一条汉子紧随而至。安静的先生还没有反应过来，便看到这两个

215

人在自己眼前撕扯起来。

"贱货！看你还躲！"

汉子薅住女人的脖领，就地便将女人悠了一圈。女人的手凌空虚舞着，奋力向汉子的脸上抓挠。几个回合下来，双方的脸上都弄出了血。安静的先生终于回过神来，大喝一声：

"住手！"

汉子这才注意到他的存在，一把扔了女人，回头瞪住安静的先生。

"好哇！"汉子咆哮道，"原来你跟这么个老东西姘居！"

言罢左右徘徊一下，还是把目标锁定在了女人身上，再一次扑将过去厮打。

女人嗷嗷叫着，披头散发地向外冲，房子里乒乒乓乓乱作一团。安静的先生不断向后退着，以免自己遭到冲撞。终于，女人挣脱了，一溜烟跑出了房子。汉子紧随其后，也追了出去。安静的先生犹如遭遇了一场飓风，心脏狂跳着一阵绞痛。他知道，此刻能安抚自己那颗心的，唯有药物了。他努力让自己在床上坐下来，动作缓慢地平躺下去，然后抖索着摸出了口袋里的速效救心丸。

有那么一刻，安静的先生想，自己不会把这条命扔在这栋无人问津的房子里吧？他直挺挺地躺着，很想给异国的儿子打一个电话。房门洞开着，冬天的风回旋着刮进来，不知道什么东西被吹得簌簌作响。他恍然发觉，其实这栋南方的房子，并不比他北方的家里温暖。那么，是什么让他如此漂泊？安静的先生闭起了眼睛，少有地怜惜起自己。然而事情并不算完，就在他要沉沉睡去的时候，却再度被人吵醒了。一名年轻的警察，带着两名不穿警服的中年人，站在他的床前。

他们说了些什么，安静的先生根本没有听进去。当他们要求安静的先生跟他们走时，安静的先生咳了一声，指责道：

"你们进来应当敲门！"

几个人面面相觑了一番，年轻的警察皱着眉说：

"我们敲了，你没听到。而且，你的房门是开着的。"

他似乎有些权威，身后跟着的两个人应声给他帮腔。

安静的先生其实并不需要一个解释。他始终是恍惚着的。直到被一辆警车带进了派出所，他才约略知道了一些因果。那种多年来养成的通观全局的能力，让安静的先生在身心俱疲的时刻，依然抓得住问题的要害。总之，他被人告了，那位保姆的丈夫，说他拐带妇女。

现在，安静的先生面临着复杂的局面。他首先被检查了身份。身份证他倒是随身带着，但身份证后面他那个真实的身份，却足以引起轩然大波。其次，他需要说明，无亲无故，他这把年纪，为什么要跑到异乡来独居。在这一点上，他还有违法的嫌疑，喏，没有来派出所申领暂住证。盘问者的重点更在于：他是如何拐带妇女姘居的。

安静的先生再一次表现出了一个久经风浪者的风度。对于这些荒唐的问题，他气敛神肃，保持着庄重的沉默。他的身份证已经被拿去在网上比对了。他知道，一切行将结束。那个巨大的存在，将要把他迎接回去，让他连坐在派出所里的自由都宣告完结。是的，那位造访者与江面融为一体的画面完结了，将永远凝固在岁月里，所有尘世的故事，还未及展开，便告终了。此刻，令安静的先生迷茫的是：他该如何让他们明白，一只越冬的候鸟，是不需要办理暂住证的呢？

问不出什么名堂，年轻的警察将安静的先生一个人丢在了办公室里。窗户上焊着铁条。窗外雾蒙蒙的，望出去，隐约可以看到一座古典的楼阁。那应当是"琵琶亭"吧?

> 浔阳江头夜送客，枫叶荻花秋瑟瑟。主人下马客在船，举酒欲饮无管弦……

安静的先生不由得默背起香山居士的名诗来。但背到"夜深忽梦少年事"时，他却无论如何也记不起下句了。这个遗忘突然令他痛苦万分。时隔多年，他在这间派出所的办公室里，恍然想起，自己原来是一个学中文的啊！当年，他踌躇满志地离开了教职，哪里想得到会有这样的一天，那些古典的诗句将如此令他眷恋。安静，请你安静！安静的先生轻声慰藉着自己的心。当遥远的诗句重新在心里萦绕而出的一刻，他感到那种从未有过的、巨大的安静将他托举了起来。他觉得，像一只候鸟般的，自己终于长出了自由的羽翼。

跋：是什么令我们犹豫

——为小说而作

在最近的一篇文章末尾，我引用了切斯瓦夫·米沃什写过的一则小故事，我将之称为"最朴素、最简单明了的例子"：

> 有一次，在很久以前，在波兰的一个村子里，我走在路上，看见一群鸭子在一个脏污的水洼里戏水，就陷入了沉思。我惊讶不已，因为附近有一条在桤木林中川流而过的清澈小溪。"为什么它们不去小溪里呢？"我向一位苍老的农人问道，他坐在小木屋前的长椅上。他回答："呃，那要得它们知道啊！"

众所周知，米沃什以"诗人"名世，这则小故事是他写在一篇随笔末尾的。那篇随笔通篇读来，毫无虚构的企图也毫无虚构的必要，百分之百，末尾的这一笔，是米沃什的"纪实"，他不过是在"记录"自己的经历，时间是

"有一次"和"很久以前",地点是"在波兰的一个村子里",如果还要满足我们读小学时从语文课堂上习来的"记叙文三要素",你尽可以将人物补充为:"我",或者"米沃什"。就是说,以一个小学生的理解力而言,米沃什记录下的,是一件"真事",类似于"记周末的一件趣事"这样的小作文。但是,如果稍微定定神,将之再读两遍,你又会发现,即便如一个小学生般地循规蹈矩,你也会多少变得犹豫起来:嗯,看上去,它好像又不太像是一篇"记叙文",它有些古怪,甚或,它还有点儿像是——"假的"!

是什么令我们犹豫?

我在此文一开头,便不假思索地将米沃什的这篇"小作文"定义为了一则"小故事",但是,没写几句话,我就感到了行文的困难。小作文、小文章、小故事、小说,很多时候,我们都在这几者之间甄别着微妙而复杂的异同。看上去,这的确是像一条递进的"鄙视链",而我只想再次声明,在我眼里,这根链条的顶端与末尾并无高下之分,它们只是的确存在着差异。

对于米沃什的这段文字,我不得不反复写下了"纪实""记录""真事"这样的词，以图说明它的实质，并且不得不以引号来强调这些词的特殊性与重要性，只因为，在大多数人（也常常包括我在内）那巨大的认知惯性里，这些词都是与"小故事"对立的，它们不符合我们对于"故事"的预期。

然而，当我面对米沃什的"小作文"，已经完成了"定定神，将之再读两遍"的要求后，我就不假思索地将之视为"小故事"了。就是说，在那根链条上，它"升级"了。因为，我也和一个敏感的小学生一般，从中读到了不同于小作文或者小文章的古怪与"假"。

它古怪在哪里？又假在何处？我想，首先体现在了米沃什的叙述上。喏，以"记叙文三要素"计，在"时间"这个要素上，他给"有一次"之后略显多余地又加了句"在很久以前"。这一句特殊吗？对一个敏感的小学生而言，它的确是特殊的。或许，对一个刻板的语文教师来说，这一句还是多余的。语文教师没错，如果一定要做出删减，通读全文，也似乎只有这一句是能够被删除，且不伤及完整性的。但米沃什就是写下了这看上去冗余的一句。我不知道米沃什此文是否用的是波兰语，也不知道波兰语的语法特征是什么，但我知道，就一个杰出的诗人而言，对于语言的自觉，简直便是他不言而喻的天职。

诗人写下了"在很久以前"。这句对于时间的交代，既指向具体的某一个时刻，也指向某种不言而明的"来路"。在我看来，后者更具价值，也更为神奇，是在链条中"升级"的重要一环。如果说，"具体的某一个时刻"，满足的是我们在"记叙文"中对于时间"准确"的要求，是"实用性"的话，那么，我所认为的这个"来路"，便提供给了我们某种更为深沉的满足，我愿意将其称之为"非准确"的、"审美性"的满足。什么是"来路"呢？请原谅我只能费劲儿地找到了这么个词不达意的表述，因为它实在难以描述。差强人意，它大约表示着"记忆"，表示着"含糊"，又因为了"记忆"而略带"温度"，因为了"含糊"而略带了某种不必细究才能给予人的"放松"。因为它是"不言而明"的，宛如人与生俱来的天赋，它又会神秘地、像是真理一般地对人发挥普遍的感染力。

我知道，我远远没有把一切说清楚。可这也许就对了。能将一切说清楚的，是小作文或者小文章，将一切说成了不清楚的，则是"小故事"。

从我们朴素的情感出发，你更需要一个"记叙文"还是一个"小故事"？当然是一个小故事了！否则我们也不会在孩提时代就渴望一个小故事，而我们躺在父母的怀抱中，往往也是听着他们如此开始讲述一个小故事的：在很久以前……

对一个幼童而言，他的"很久以前"又能有多久呢？没错，父母们开口之际，为我们预设的是一个在本质上"亘古"的时间。

我们或许已经抓到了一个关键词——"很久"，并且还能据此展开更为雄辩的想象与阐释，但我只想就此打住，"拒绝阐释"，拒绝将之仅仅限于一种修辞。我更愿意将之视为一种情感，一种人类叙事之时深沉的友善之心和一种"其来有自"的信心。

但是且慢，如果仅仅加上一句"在很久以前"，便能令"小作文"变成"小故事"，那也实在是太简单粗暴了。而人类发明一个故事，哪儿有这么轻易？

是的，我又勉为其难地找了个词——"发明"。本来我的确是可以用"创造"这个词的，但思忖下来，我还是决定用了"发明"。你瞧，对于词语的挑拣，小说家其实也并不亚于诗人。据《新华字典》说，这两个词的指代不同。发明是指创造出从前没有的事物或方法；创造是指想出新方法、建立新理论、做出新的成绩。对此，我是没有看出多大的不同来，它们几近同义反复，依赖另一个来说明这一个。但接下去，《新华字典》对于这两个词侧重点的不同解释，令我有了抉择："发明"多用于物品、东西；"创造"多用于非物质。

对此，你犹豫了吗？我却反而少见地果断。看上去，此刻我们正在描述着的，不是更接近于一个"非物质"的问题吗？为什么我却果断地希望将其"物质"化？我希望"发明"一个故事，而非"创造"一个故事。其一，创造毫无疑问是上帝的事儿——尽管我们也常常将自己在写作的时候比喻为一个"上帝"；其二，基于对物理世界的侧重，发明会让我心生人的劳作之情，让我更顺服，也更具可观性地审视自己的成果；其三，更为重要的是，当我们努力抽象的时刻，必须要牢记——你首先得高度地依赖具象。

就好比我此刻高度地依赖米沃什的文本。我首先需要

228

将它视为一个物理性的文本。米沃什写下了一组句子，他还用句子给我们描述了脏污的水洼与清澈的小溪，描述了戏水的鸭子与苍老的农人。这些"物品"或者"东西"，当然谈不上是米沃什的发明，更谈不上是米沃什的创造，充其量，它们只是一组"客观"的存在而已，或者说，没有米沃什，它们也在某一刻的波兰农村呈现着。但米沃什来了，他"在很久以前"来了。他将这物理的世界看在眼里，并且如照相机镜头般地、"有限"地将一切收拢在他的取景框里。从这一刻起，经过了取舍，经过了米沃什的"有限"，世界忽然变得不那么客观了。显而易见，那一刻，除了脏污的水洼与清澈的小溪，除了戏水的鸭子与苍老的农人，世界必然并呈着更为丰富的物品和东西：青草、树林、一只破茧的蛾子，甚或还有一群吵闹的同伴……但却被米沃什统统过滤掉了，他"主观"地认为，这一刻只有脏污的水洼与清澈的小溪，只有戏水的鸭子与苍老的农人——对他有用，对他是"真事"。如果此刻米沃什正在读小学五年级，如果他是一个循规蹈矩的好孩子，那么我们就可以恭喜他，他即将完成一篇不错的课外作业了，他将以"记周末的一次郊游"为题，写出一篇能够被刻板的语文教师当作范文的小作文。

然而，我们的诗人"陷入了沉思"，他"惊讶不已"。这一刻，我们要同样地，甚至更为隆重地恭喜他。因为他启动了"发明"。这是怎样的一刻呢？约略地说：这是诗人不满足于"真事"的一刻，是诗人以"纪实""记录"为名，萌生野心的一刻。这一刻，他沉思，继而惊讶，只因他看到了戏剧性一般的、夸张的荒谬。于是，我们也看到了在那根链条上的"升级"。

我猜想，米沃什在那一刻，除了惊讶，更为准确的状态，也许正是——犹豫。

是的，我顽固地、无从说明地认为，人在"发明故事"的时刻，应当是犹豫的。他的确会被戏剧性一般的、夸张的荒谬所雷到，但一个被雷到的人，大概率的，是不会从容"发明"的，他只会张口结舌或者魂飞魄散。而"发明"的题中应有之义里，必然包含有理智，甚或是缓慢的咀嚼与消化，这种情状，难道不是非常接近于"犹豫"吗？

是什么令我们犹豫？

是这个世界比比皆是的"反常"忽然否定了我们以为

的"惯常"，是这个世界司空见惯的荒谬忽然破坏了我们舒适的"小作文"心情。它们戏剧性一般地夸张，但是你不沉思你就不会惊讶，你沉思和惊讶了，品味与哑摸着一种类似于苦涩的震惊，其后，将之消化为"古怪"的，从而"发明"成"假的"。

米沃什看到了什么？简单说，不过是一群鸭子在脏水里游泳而附近便有清澈的小溪。类似的情形，相信所有的人都见识过，但是，我们又有几个人因之沉思并且惊讶呢？这事儿，说大不大，说小不小，说小了，就是一篇能作为范文在课堂上来读的"小作文"，说大了，它就是一个"小故事"。

显然，我视"小故事"为"大"，视"小故事"在那根链条中是上一级的存在。因为，它是"纪实""记录""真事"的反面，是本质的递进。很难说，这个递进了的本质是物质的还是非物质的，因为它显而易见地以物质的形态呈现着，同时，当它引起了米沃什的沉思时，它当然又是非物质的了。米沃什大约同时经历着发明也经历着创造，但我依然顽固地、无从说明地认为，他更接近于发明的一刻。

喏，他去求教了——上帝创造一切之前，肯定没跟谁求教过。而米沃什怀着发明之心，向一位苍老的农人求教。这个时候，我们与米沃什一起，被唤醒了某种古老的、先验的、富有温情的信任。这没什么可说的，“一位苍老的农人”还不足以唤醒我们这些沉睡的情感吗？当然，这很老套，如同“在很久以前”那般陈旧，但却千真万确地有效。我们的情感并非那般地不可触动与难以唤醒，并非一定要剧烈地摇撼与拼命地推搡才能引发共鸣。是的，有时候，我们不过需要“一位苍老的农人”，因为他象征着人类可信的经验，象征着智慧、常识，还象征着诚恳与善良。更何况，米沃什还给了他一个漂亮的、完全是“故事性”的姿势——坐在小木屋前的长椅上。在米沃什的镜头里，这样的画面应当就是“纪实性”的，但我们已然不知从何时起，渐渐地不以为“真”，欣赏于“假”了。

在犹豫之中，我们不自查地有点渴望一个答案或者一个结果了。米沃什被“纪实”带出了“惊讶”，我们被米沃什带出了好奇，于是，一个令我们和米沃什都产生着信任的苍老的农人，成为我们与世界重新达成理解的枢纽。

可是天啊，这个枢纽，这个漂亮地坐在小木屋前的长椅上、像我们祖父一般可资信赖的苍老的家伙，他居然先"呸"了我们一声！

没错，他"呸"了，他就不再是一个祖父了，他就是一个"家伙"。他对我们并不善良，他对我们甚至怀有恶毒的蔑视，他想要羞辱我们，想要凶狠地告诉我们——你就是不折不扣的白痴。而且，他对整个世界都是不屑于敌对的，荒谬在他眼里，和我们是一个反向的事实，当我们从寻常中看到了荒谬的时候，他却是将荒谬视为了寻常。

脸上仿佛带着唾液，发明权就此易手。如果说，米沃什发明了这个家伙，那么，从这"呸"的一声后，米沃什将被打脸，我们将被打脸，这个家伙夺回了发明的权力，以创造性的腔调向世界宣布——

那要得它们知道啊！

这个回答太险要了，属于上帝"创造性"的口吻，在最后的一刻，令小作文彻底成了小故事，并且陡然成了小说。不是吗？你难道没有听出类似于"天地不仁，以万物为刍狗"之类的语风吗？"记叙文"式的小作文才不会这么结尾呢，小作文顶多会赞美坚毅的黄山松或者辛劳的小蜜蜂。但是，小说会。小说往往会有一些"恶意"，而这恶意之中，又遍布着"善意"。

老农答案中的"它们"，当然是那群在脏水里打滚而不自知的鸭子，但是，我们竟分明疑神疑鬼地觉得，这个家伙是在说我们，是影射，是诽谤，是指认，是揭露。我们感到了"恶意"带来的不安，同时，也获得了"善意"的提醒与启发。

这是我们吗？事情大约是这样的：我们被指引着发现了荒谬，于是我们去求教，结果却得到了更为荒谬的对待。不甘心，我们不甘心！因为我们自以为会心地感到，我们同时也是这位不可一世的家伙，我们有权利和他一道指控鸭子，有权利和他一道羞辱无知，有权利站在自己的对立面反击自己，但是我们的不甘心又是如此地不确定。这一刻，我想，我们无限地接近于犹豫。

是什么令我们犹豫？

好了，既然这篇小文章是为了"小说"所作，那就让我回答：是小说令我们犹豫。同时，正如米沃什与农人、我们与米沃什之间反复拉锯一样，有时候，也是我们令小说犹豫——我们"过度"地解读它、曲解它。这样的时候，姑且让我们把"小说"唤作"小故事"，于是，我们多少就会对它温柔一些，对它有了呵护的心。

——那要得它们知道啊！

2023年6月5日

癸卯四月十八

香都东岸